Auf kleinem Raum
zu zweit

Günter Spurgat

Auf kleinem Raum zu zweit

Anne und Jona träumen von
einem Mini-Haus

Roman

Die Deutsche Nationalbibliothek verzeichnet diese Publikation in der Deutschen Nationalbibliografie; detaillierte bibliografische Daten sind im Internet über dnb.dnb.de abrufbar.

Covergestaltung: Günter Spurgat
Abbildungen Seite 94 und 95
mit freundlicher Genehmigung von
Joshua Woodsman / www.pinuphouses.com

Herstellung und Verlag:
BoD – Books on Demand, Norderstedt

ISBN: 978 - 3751921626

Printed in Germany

Hoch oben im Norden von Deutschland liegt
die kleine Hafenstadt Husum.
Hier spielt die Geschichte von Anne und Jona,
die der Roman erzählt.

1

Jeden Morgen vor dem gemeinsamen Frühstück mit seiner Frau Anne machte Jona einen Spaziergang durch den nahe gelegenen Schlosspark. Sein Arbeitsleben lang musste er früh aufstehen. Seine innere Uhr hatte sich darauf eingestellt. Jetzt im Ruhestand weckte sie ihn so zeitig wie in all den Jahren zuvor.

Jona liebte es, auf den geschwungenen Sandwegen der weitläufigen Grünanlage, die so viel Ruhe und Harmonie ausstrahlte, langsam in den Tag zu schreiten. Wenn er niemandem begegnete, er den Park ganz für sich allein hatte, war es für ihn vollkommen. Mit den stattlichen, alten Bäumen empfand er sich verbunden. Einige von ihnen grüßte er stets auf eine Art, die andere Spaziergänger nicht wahrnahmen. Jona hatte in seinen Berufsjahren als Landschaftsgärtner unzählige Baumsetzlinge und junge Stämme in die Erde gesetzt – in Privatgärten, auf öffentlichen Plätzen und an Straßenrändern. Wenn er in der Stadt unterwegs war, begegnete er stets mehreren von ihnen. Sah er seine Schützlinge in guter Verfassung, machte es ihn froh; fand er sie in kümmerlichem Zustand, betrübte es ihn.

Vor zwei Jahren ging Jona in Rente. Mit Anne, die vor wenigen Monaten ebenfalls Rentnerin wurde und sich erst an ihren neuen Alltag gewöhnen musste, lebte er seit zwölf Jahren im ersten Stock einer kleinen Mietwohnung eines Mehrfamilienhauses mit Südbalkon. In den Sommermonaten blühten hier üppig Blumen, wuchsen Tomaten- und Gurkenpflanzen. Einen Garten wollten beide nicht, da Jona durch schwere körperliche Arbeit in seinem früheren Beruf gesundheitlich angeschlagen war. Und Anne, die viele Jahre im Büro eines Husumer Schiffsmaklers halbtags gearbeitet hatte, wollte in ihren verbleibenden Jahren lieber Reisende statt Gartenpflegerin sein.

Ich bin wieder da, Schatz, rief Jona, als er in den Flur trat und seine grüne Schirmmütze an den Garderobehaken hängte.

Die Tür zur Küche war angelehnt und der Duft frisch gebrühten Kaffees strömte ihm entgegen. Auf seinem Rückweg hatte Jona bei Bäcker Udo Jensen Brot und zwei noch warme Croissants gekauft. Gelegentlich gönnte sich das Paar zum Frühstück frische Brötchen. Ihrem Bäcker blieben sie all die Jahre treu. Seine Backwaren besaßen zwar kein Bio-Siegel, aber sie waren frei von tricksender Chemie, jedenfalls versprach es der Bäcker in seiner Werbung.

Anne saß am Küchentisch, las gerade in einem Buch, vor sich eine Tasse Kaffee. Sie blickte auf als

Jona eintrat und lächelte ihn an. Er hielt ihr freudestrahlend die Tüte mit den Croissants entgegen:

Darf ich dich zu einem kleinen französischen Frühstück einladen?

Da kommst du gerade recht, mein Lieber. Ein sonniger Tag, duftender Kaffee und frische Croissants – perfekt!

Und was ist mit mir? Bin ich nur der Brötchenbote?, fragte Jona gespielt entrüstet.

Aber nein, du bist natürlich das Sahnehäubchen! Ohne dich würde ich unser Frühstück nicht wirklich genießen können!

Anne mochte aber auch die Momente des Alleinseins, wenn Jona im Park spazierte. Sie brauchte morgens immer etwas Zeit, um zu sich und ins Sprechen zu kommen. Jona dagegen war gleich nach dem Aufstehen schon mitteilungsbedürftig.

Ihre Wohnung hatte gerade mal 64 Quadratmeter, ein kleines Wohnzimmer, ein Schlafzimmer, eine Küche, ein Bad.

Wenn ein warmer, sonniger Tag dazu einlud, frühstückten sie gern auf dem Balkon und genossen den Duft, den ihre Blumen und Pflanzen um sie herum verbreiteten. Hier saßen sie auch oft an lauen Sommerabenden bei einem Glas Rotwein und ließen den Tag ausklingen. Im Winter freuten sie sich über die Vögel, die sich täglich an mehreren Futterstellen auf dem Balkon versammelten. Oft kam auch ein Rotkelchen angeflogen, das mit der Zeit so zutraulich wurde, dass es seine Lieblingsspeise, Goldhirse und zarte Haferflocken, aus Jonas Hand fraß. Andere Vögel, selbst die frechen Spatzen, wagten das nie.

Anne und Jona lebten zuvor allein und unabhängig, ehe sie in die gemeinsame Wohnung zogen.

Jona hatte lange darauf gehofft, eines Tages *der* Frau zu begegnen, die seine Bestimmung sein sollte. Dabei war sie ihm bereits in seiner Jugend über den Weg gelaufen, davon war er überzeugt. Doch seine Unerfahrenheit und Schüchternheit hinderte ihn daran, das Mädchen anzusprechen. Er fragte sich manchmal, wie sein Leben wohl verlaufen wäre, wenn er damals mehr Mut gehabt hätte.

Auf dem Pausenhof der Berufsschule sah er sie das erste Mal und verliebte sich sofort.

Beide besuchten verschiedene Klassen einer Handelsschule. Die kurzen Aufenthalte auf dem Schulhof, wenn er zu ihr hinübersah und sie seinen Blick erwiderte, waren für Jona Momente puren Glücks. An schulfreien Tagen dachte er unentwegt an sie und sehnte sich nach ihr. Eines Tages entzog sie sich seinen Blicken, schaute ihn nicht mehr an. Vielleicht hatte sie einen Freund, oder sie hatte entschieden, die unerfüllte Liebesgeschichte zu beenden. Das Schuljahr ging zu Ende und hinterließ Jona in tiefem Kummer über die verlorene Geliebte und sein Unvermögen.

Später lernte er wohl Frauen kennen, aber keine von ihnen weckte ähnliche Gefühle wie einst jenes Mädchen. Er hoffte, aber glaubte nicht daran, noch einmal so einem Menschen zu begegnen.

Als Jona auf Mitte Fünfzig zuging, wollte er nicht länger auf eine schicksalhafte Fügung warten und entschloss sich, die Suche nach einer Gefährtin planvoll anzugehen. Er kaufte sich nun regelmäßig die Wochenendausgabe der *Husumer Nachrichten* und las die Kontaktanzeigen. Doch oft vermisste er in den Texten den Ton, die Worte, die ihn ansprachen. Er suchte in den Zeilen Poesie und Zauber. Wenn nur ein wenig davon spürbar war, schrieb er der Inserentin und gab seinen Brief bei der Zeitung ab.

Es kam zu Telefonaten und vereinzelt auch zu Treffen. Die Begegnungen brachten Jonas Gefühlswelt in ziemliche Aufruhr. Er betrachtete sich nun öfter im Spiegel und fragte sich, wie er wohl auf Frauen wirken mochte. Er wollte sich nicht verstellen und übertrieben herausputzen, das war nicht seine Art. Sein Gegenüber musste ihn so akzeptieren wie er nun einmal war und sich gab, entschied er. Umgekehrt war es ja auch so. Erschienen die Damen jedoch stark geschminkt und parfümiert, betrachtete Jona das als Ausschlusskriterium.

Nach mehreren Treffen mit verschiedenen Frauen war Jona ernüchtert. An jeder fand er zwar etwas, das ihn ansprach – schöne Augen, ein besonderes Lächeln, eine wohlklingende Stimme. Aber zu keiner fühlte er sich dennoch wirklich hingezogen; es fehlte an spontaner, tiefer Sympathie für die fremden Menschen, denen er so unvermittelt und nah gegenübersaß.

Jona begann daran zu zweifeln, dass er über Kontaktanzeigen die Frau seines Herzens finden würde. Die Telefonate und Begegnungen mit den Frauen hatten ihn aufgewühlt und raubten ihm in manchen Nächten den Schlaf. Aber – das musste er sich eingestehen – sie brachten mehr Farbe in seinen einsamen und ziemlich eintönigen Alltag.

Jona entschied, vorerst keine Suchinserate mehr zu lesen und sich mit keiner Unbekannten zu verabreden. Sein aufgewühltes Innenleben fand nun wieder zu Ruhe.

Er hatte das Haus seiner verstorbenen Eltern geerbt. Von Husum war er in das nahe gelegene Dorf gezogen und bewohnte es seit einigen Jahren. Zu dem Anwesen gehörte ein Garten und ein Holzschuppen, in dem er sich eine kleine Werkstatt eingerichtet hatte. In seiner freien Zeit sägte und hobelte er unzählige Vogelkästen, die er am Küchentisch farbenfroh bemalte. Mit besonderer Akribie widmete er sich jedoch alten friesischen Haustüren, die er auf Radtouren in der Umgebung entdeckte und fotografierte. Zu Hause baute er sie

12

als kleine Modelle nach, bemalte sie entsprechend dem Original und setzte sie in einen Bilderrahmen.

Vom Küchentisch konnte Jona in seinen Garten blicken. Es war sein liebster Platz im Haus. Wenn er sich in sein Hobby vertiefte, lenkte ihn hier nichts ab. Wenn er seine Vogelkästen und Haustüren anstrich und sie vollendete, spürte er eine tiefe innere Zufriedenheit. Es machte ihn glücklich, wenn er sein Werk betrachtete und es gelungen fand.

Von den Flohmärkten, auf denen er seine Arbeiten anbot, musste er selten wieder etwas nach Hause zurückbringen. Denn seine liebevoll gestalteten kleinen Kunstwerke waren überaus begehrt.

Seine freie Zeit verbrachte Jona im Winter überwiegend in der Küche. Der Tisch war seine Werkbank. So akribisch wie er seine Holzarbeiten fertigte, bereitete er auch seine Mahlzeiten und backte sein eigenes Brot. In seinem Tun ging er ganz und gar auf.

Die Nachbarn und Dorfbewohner schätzten ihn, denn er war umgänglich, freundlich und hilfsbereit. Oft baten sie ihn um gärtnerischen Rat, und wenn sie es wünschten, beschnitt oder veredelte er deren Gehölze.

Jona führte ein einsiedlerisches Leben, aber er kam damit gut zurecht. Er hatte seine Arbeit, seine Holzarbeiten und mochte das dörfliche Leben, das ihm schon aus seiner Kindheit vertraut war. Aber es gab immer wieder Momente, in denen er eine Gefährtin vermisste.

Als der Herbst begann und die Tage kürzer wurden, spürte Jona seine Einsamkeit deutlicher, als er sie in der Jahren zuvor empfunden hatte. Jona war jetzt vierundfünfzig. Wohl hatte er eine gute Arbeitsstelle, ein Haus, einen Garten, ein schönes Hobby. Aber er war allein und konnte mit niemandem seinen Alltag teilen! Er fürchtete sich vor einem Rentnerdasein mit einem Übermaß an Zeit, die von ihm allein nur schwerlich auszufüllen war. Es fehlte eine Frau an seiner Seite, mit der er gemeinsam sein verbleibendes Leben freudvoller und glücklicher gestalten könnte.

An einem Sonnabend lag eine aktuelle Ausgabe der *Husumer Nachrichten* auf seinem Küchentisch ausgebreitet. Jona las wieder Kontaktanzeigen. Aber auf Grund seiner Erfahrungen sah er kritischer auf die Texte. Er wägte die Worte und Beschreibungen. Was sagten sie, was versprachen sie? Woche für Woche las er nun die Rubrik. Doch keine der Zeilen berührte in ihm etwas, das ihm sagte: Schreib ihr! Lerne sie kennen!

Die Wintermonate vergingen, ohne dass Jona auch nur auf eine einzige Announce antwortete. Obwohl sein Interesse und seine Hoffnung schwanden, wollte er keine Wochenendausgabe der *Husumer Nachrichten* verpassen, befürchtete er doch, die *eine* Anzeige nicht zu lesen, die sein Schicksal bestimmen könnte.

Es war im Mai, als er wieder die Anzeigenseite aufschlug. Und da las er Zeilen, die ihn innehalten ließen. Er las sie mehrfach, Wort für Wort:

Lass uns schauen, ob uns verbindet
ein Lächeln, ein Denken, ein Träumen.
Ich (wbl., 52 J., 1,68, schlank) würde
gern dem Mann begegnen, der diese
Gaben besitzt . ✉ HN 208405Z

Dieser knappe Text sprach ihn an wie bisher noch keiner und ließ seinen Puls in die Höhe schnellen. Er musste hinaus, eine Strecke gehen, seine Gedanken ordnen. Er suchte die vertrauten Pfade im nahe gelegenen Wald auf. Umgeben vom würzigen Duft des Frühlings und den Gesängen der Vögel spazierte er lange und formulierte in Gedanken Sätze, mit denen er der Inserentin antworten wollte.

Wieder zu Hause holte er schönes Briefpapier, einen Füllfederhalter, setzte sich damit an den Küchentisch und formulierte, was ihm während des Spaziergangs eingefallen war. Dann faltete er aus einem zugeschnittenen Kalenderblatt mit gemaltem Frühlingsmotiv einen Umschlag und machte sich auf den Weg nach Husum, um den Brief bei der Zeitung einzuwerfen.

Die nächsten Tage hoffte Jona nervös auf einen Anruf. Er zweifelte, ob er in seinem Brief die richtigen Worte gefunden hatte, ob er die Poetin damit erreichen konnte. Aber am Donnerstagabend klingelte das Telefon. Etwas zittrig nahm er den Hörer und nannte seinen Namen.

Hallo Jona, ich heiße Anne.

Schön, dass du mich anrufst, Anne. Ich freue mich, bin etwas aufgeregt, erwiderte Jona.

Bin ich auch, aber das macht nichts. Ich glaube, unter den Umständen ist das nur normal, sagte eine klare, fröhliche Stimme am anderen Ende der Leitung.

Das waren die ersten Worte, die Anne und Jona miteinander wechselten. Daraus ergab sich ein langes Gespräch, das wohl über eine Stunde dauerte. Viel gegenseitige Sympathie klang in ihren Stimmen mit. Beide hatten sich schon für den kommenden Sonnabend zu einem Spaziergang im Schlosspark verabredet.

Jona wartete an der Pforte der weitläufigen Anlage. Es war ein sonniger, warmer Tag. Viele Menschen genossen das frische Grün und den Schatten der zahlreichen Bäume. Enten schwammen mit ihrem Nachwuchs auf dem Schlossgraben und nahmen gierig das von den Besuchern dargebotene Futter auf.

Jona war viel zu früh am vereinbarten Treffpunkt erschienen; er wollte Anne auf keinen Fall warten lassen. Schon von weitem lächelte sie ihn an. Sicheren Schrittes kam sie auf ihn zu, während er ihr ebenfalls entgegenging.

Schon beim ersten Telefonieren gefiel ihm der Klang ihrer Stimme. Jetzt stand er ihr gegenüber, sah ihr Gesicht, ihre Augen, ihre aparte Erscheinung. Alles an ihr gefiel ihm. Langsam spazierten sie entlang der geschwungenen Pfade und unterhielten sich zunehmend entspannt über das, was ihnen gerade einfiel.

Tiefgründiger wurden ihre Gespräche erst, als sie anschließend unter einem Sonnenschirm draußen vor dem Schlosscafé saßen. Anne wusste, dass sie einem Mann gegenübersaß, der mit seinen Händen in der Erde grub, der hart arbeitete und dabei jedem Wetter ausgesetzt war. Sie fand dennoch seine groben, von Arbeit gezeichneten Hände schön. Sie schaute in seine blauen Augen, sah die weichen Konturen seines wettergegerbten Gesichts, das von strohblondem, lockigem Haar umrahmt war. Sein Aussehen hatte etwas Nordisches, und so wunderte sie sich nicht, als er erzählte, das seine Vorfahren von der dänischen Nordseeinsel Fanø stammten. Die Art, wie er sie ansah, wie er erzählte und zuhörte, empfand sie angenehm und anziehend. Ihr gefiel dieser Mann. Beide wollten sich gern wiedersehen.

Und so begann hier ihre Geschichte und bald ihr gemeinsames Leben.

Anne war sechzehn Jahre verheiratet, bekam zwei Töchter. Dann verstarb ihr Mann plötzlich. Annike war da erst neun Jahre alt und ihre Schwester Dörte elf. Es folgten harte Jahre für sie und ihre Kinder. Zum Glück hatte sie Agnes, ihre langjährige Freundin, die ihr beistand und half, die schwere Zeit zu bewältigen. Später fand Anne halbtags eine Anstellung bei einem Husumer Schiffsmakler, wodurch sie sich finanziell etwas besser stellen konnte. Dort war sie immer noch beschäftigt und bewohnte nach dem Auszug ihrer Kinder eine kleine Mietwohnung am Stadtrand.

Anne malte gern. Sie skizzierte Landschaften und Dinge, die in ihren Blick gerieten, und die sie zeichnerisch festhielt. Zu Hause malte sie die Motive in Aquarell aus. Sie sang im Chor und verabredete sich gern mit ihrer Freundin in ihrem Stammcafé im Schlossgang. Agnes war ihre engste Vertraute und Seelenverwandte, mit der sie viel zusammen unternahm. Sie trafen sich regelmäßig und verbrachten jeden Frühsommer einen zweiwöchigen Urlaub auf der Nordsee-Insel Amrum. Doch auch Agnes starb eines Tages unerwartet und hinterließ in Annes Leben eine große Lücke. Lange empfand sie große Einsamkeit und litt an Depression. Ihr ging die Kraft verloren, sich überhaupt zu etwas aufzuraffen. Sie mochte auch nicht mehr singen. Doch die Chormitglieder holten sie zurück, und Anne erkannte, dass das gemeinsame Singen ihr half, wieder neuen Lebensmut zu finden. So erschien sie wieder zu den Chorproben und nahm ihre Malerei wieder auf.

Ihre Töchter, die sie aus Sorge nun öfter besuchten oder zu sich einluden, redeten ihr zu, doch mal in der Zeitung zu inserieren, um nach einem Partner Ausschau zu halten. Anfangs wollte sie davon nichts wissen, aber mit der Zeit freundete sie sich mit dem Gedanken an.

Anne gab nur diese eine Anzeige auf, die sie mit Jona zusammenführte.

Beide verliebten sich ineinander. Und es verging gerade mal ein Jahr, als Anne und Jona beschlossen, zu heiraten und gemeinsam in Husum eine Wohnung zu beziehen.

Seither sind zwölf Jahre vergangen. Jona ging vor zwei Jahren in Rente, Anne erst vor wenigen Monaten. Sie malte und sang nach wie vor im Chor. Jona hatte den Bau von Vogelkästen und Haustürminiaturen aufgegeben, da er keine Werkstatt mehr besaß. Aber er fand eine neue Freizeitbeschäftigung. Und der Küchentisch diente ihm wieder als Arbeitsplatz für sein neues Hobby. Alle Utensilien dafür barg ein kleiner Schrank, der in einer Küchenecke stand.

Jona baute nun Modelle historischer Häuser, die einst in Husum standen oder heute noch existierten. Es waren ihre vollendeten Formen, die ihn ansprachen. In der Literatur las er, dass Maurer und Zimmerer damals beim Bau dieser Häuser dem *Goldenen Schnitt* folgten. Nach ihm bestimmten sie die Proportionen eines Gebäudes, die Anordnung und Größen von Fenstern und Türen, die dem Bauwerk ein schönes Gesicht und eine ideale Form gaben. Diese Häuser wirken stimmig und harmonisch, erfreuen jeden, der für Schönheit einen Sinn besitzt. Heute ist diese jahrhundertealte Regel kaum noch bekannt und spielt im modernen Hausbau so gut wie keine Rolle mehr.

An Hand alter Fotos und Baupläne, die Jona in Archiven und im Privatbesitz Husumer Familien fand, rekonstruierte er in langwieriger Kleinarbeit aus Sperrholz, Pappe und Papier die gelungenen Schöpfungen früherer Architektur und gab ihnen zum Schluss einen dezenten farbigen Anstrich.

Auch diese kleinen Kunstwerke, an denen Jona oft monatelang arbeitete, blieben nicht lange bei ihm. In der Wohnung wäre für sie ohnehin kein Platz vorhanden gewesen. Es machte Jona Freude, die Häuser im Kleinformat nachzubauen; bei sich aufbewahren wollte er sie nicht.

Es sprach sich in der Stadt herum, dass er originalgetreue Modelle alter Stadthäuser schuf. Oft waren sie bereits für Interessenten reserviert, ehe sie vollendet waren. Mehrere Husumer baten Jona, er möge doch auch Modelle ihrer Häuser bauen. Doch er lehnte stets ab. Er wollte die Objekte selbst auswählen und ohne Auftrag und Zeitdruck an ihnen arbeiten. Dafür nutzte er überwiegend die Wintermonate.

Im Frühling und im Sommer widmete sich Jona gern seinen Balkonpflanzen. Hier an der Südwand des Hauses gediehen Blumen, Rankgewächse, Tomaten-, Gurken und Paprikapflanzen sowie zahlreiche Küchenkräuter.

In den Sommermonaten sah man Anne und Jona oft auf ihren Elektrorädern auf Nordstrand und Eiderstedt entlang der Deiche fahren. Sie liebten diese Touren, die Ausblicke auf Wattenmeer und grasende Schafe, die würzige Luft, den Duft von Gräsern und Ackerpflanzen. Zu Frühlingsbeginn suchten sie gern das frisch begrünte Deichvorland auf, um den herumtollenden, neugeborenen Lämmern zuzuschauen. An Plätzen mit schöner Aussicht gönnten sie sich eine Pause mit heißem Tee und einer kleinen Mahlzeit. Oder sie steuerten ein einladendes Café an, das auf ihrer Strecke lag.

Wenn sie schließlich wieder nach Hause zurückkehrten, waren sie erschöpft, aber erfüllt von den vielen wunderbaren Eindrücken, die ihnen der Ausflug bescherte.

Ihre Wohnung war die ideale Ausgangsbasis für ihre gemeinsamen Unternehmungen. Das Stadtzentrum und der Hafen waren zu Fuß in wenigen Minuten erreichbar. Radwege entlang der Nordseeküste luden sie zu kilometerlangen Touren direkt am Wasser ein. Wollten sie mal an den Strand nach St. Peter-Ording, nach Flensburg oder nach Tondern, fuhren sie mit dem Auto. Da ihre Elektroräder klappbar waren, packten sie sie auch gelegentlich in den Kofferraum und erreichten so Ziele in der weiteren Umgebung. Sie radelten um den traumhaft gelegenen Westensee, entlang der Schlei und des Nord-Ostsee-Kanals. Diese Ausflüge waren Balsam für ihre Seele und machten sie glücklich. Wiederholungen dieser Touren wurden ihnen nie langweilig, denn sie entdeckten immer wieder Neues – Wildtiere, am Himmel kreisende Seeadler, blühende Rapsfelder und schöne Plätze.

Das Leben der beiden verlief in ruhigen Bahnen. Sie fühlten sich in ihrem Viertel wohl und hatten ein gutes nachbarschaftliches Umfeld. Ihre Renten waren nicht üppig, erlaubten ihnen aber ein gutes Auskommen. Anne und Jona freuten sich auf die kommenden gemeinsamen Jahre ohne den Druck, täglich einer existenzsichernden Arbeit nachgehen zu müssen. Sie waren frei und unabhängig und genossen ihren Lebensabend.

Es war einer der ersten Frühlingstage, als sie wieder auf ihrem Balkon frühstückten. Die ersten Blätter der Prunkwinde entfalteten sich bereits; bald würde das Rankgewächs sie einen Sommer lang mit wunderschönen Blüten erfreuen.

Gern schauten sie von ihrem Balkonplatz auf die Straße. Sie besaß noch das alte Kopfsteinpflaster. Nur wenige Autos fuhren hier vorbei, häufiger waren hier Radfahrer und Fußgänger unterwegs.

Jeden Morgen ging Hildegard Dankow – die langjährigen Anwohner der Straße nannten sie respektvoll Tante Hilde, da sie sie schon von Kind an so nannten – mit ihrer betagten und etwas übergewichtigen Chihuahua-Dame Gassi.

Hilde war alleinstehende Witwe, wohnte im gleichen Haus wie Anne und Jona und war in den Achtzigern. Mit ihrer Hündin Polly ging sie immer nur den Bürgersteig bis zur nächsten Kreuzung entlang und zurück zu ihrer Wohnung. Polly hob an Gartenpforten, Bäumen und Pfeilern zig-mal ihr Hinterbeinchen, so als wolle sie ihr Revier markieren. Aber sie pieselte nicht, sondern imitierte nur das Verhalten mancher Rüden, das sie sich bei ihnen abgeschaut hatte.

Hilde unterhielt sich gern mit Leuten aus ihrem Viertel. Sie war zwar etwas schrullig, besaß aber liebenswerte Seiten. So hatte sie für ihre Mitmenschen immer ein gutes Wort, interessierte sich für deren Schicksale und besaß ein Herz für

Kinder. Wenn ihr kein Bekannter begegnete, sprach sie ohne Hemmung auch Fremde an. So kam sie zu ihrem täglichen Plausch und Polly zu Gelegenheiten, an Beinen zu schnüffeln, wenn ihr Frauchen sich mal wieder mit jemand unterhielt.

Hilde war stets bestens über das Viertel informiert und eine gute Quelle für Leute, die auf Neuigkeiten aus der Nachbarschaft erpicht waren. Man sah Hilde oft bei ihrem Hausarzt Dr. Reimers, der eine Praxis in der selben Straße besaß. Selten waren es akute Beschwerden, die sie dorthin führten. Zu gern unterhielt sie sich mit Patienten im Wartezimmer und mit dem *Herrn Doktor* über Wehwechen, die ihr Alter so mit sich brachten. Manchmal versuchte sie, bei ihrem Arztbesuch auch gleich medizinischen Rat für ihre Hündin einzuholen

Ich bin kein Tierarzt, Frau Dankow! Da sollten Sie besser meinen Kollegen aufsuchen, sagte Dr. Reimers einmal etwas unwirsch zu seiner Patientin. Sie versuchte es aber immer wieder mal. Wenn ihr Hausarzt gut aufgelegt war, erhielt sie auch Rat, vor allem den, Polly nicht zu sehr zu verwöhnen und sich und der Hündin mehr Bewegung zu gönnen.

Vom Balkon aus sahen Anne und Jona auf eine zum Haus gehörende Rasenfläche, die von einer Buchsbaumhecke eingefasst war. Direkt dahinter lag der Bürgersteig und die Straße. Das Paar

24

frühstückte noch, als eine Gruppe aus dem nahegelegenen Kindergarten, angeführt von jungen Erzieherinnen, an ihm vorbeimarschierte. Anne und Jona winkten ihr zu, und die Kinder und Betreuerinnen grüßten fröhlich zurück.

Dann trat Willi Jaschke, sein gelbes Posttrad schiebend, in ihr Blickfeld. Willi stammte aus dem Ruhrgebiet und hatte sich vor mehreren Jahren nach Husum versetzen lassen. Die Nordseeluft tat dem von Asthma Geplagten während eines Urlaubs so gut, dass er sich mit seiner Familie zum Umzug entschloss. Er bereute seine Entscheidung nie und fand schnell Zugang zu den Husumern und der nordfriesischen Mentalität. Willi, ein immer gut gelaunter Postbote, der sich auch mit Hunden gut verstand, ging seiner Arbeit bei Wind und Wetter gelassen und mit Frohsinn nach. Manchmal wurde er durch junge Kollegen vertreten, die hatten es aber meistens so eilig, dass man kaum mit ihnen ins Gespräch kam.

Hallo Willi, du bringst uns heute aber schönes Wetter mit!, rief ihm Jona vom Balkon aus zu.

Man tut, was man kann!, erwiderte Willi. *Ich glaub, ich hab heute Post für euch dabei.*

Wenn's Rechnungen sind, kannst du die behalten, gab Jona zurück.

Anne schenkte sich noch einen Kaffee ein, als Jona mit einem Umschlag vom Briefkasten zurückkam.

Er ist von unserem Vermieter. Wenn der einen Brief schickt, geht es bestimmt um eine Erhöhung oder um zusätzliche Kosten, die er uns aufdrücken will. Sonst würde der uns wohl nicht schreiben, sagte Jona nichts Gutes ahnend.

2

Sören Dethlefsen hatte dem Paar bislang nur zweimal die Miete in moderaten Stufen erhöht. Anne und Jona wohnten bei ihm wirklich günstig, das war ihnen bewusst. In ihrer Stadt waren die Mietpreise in den letzten Jahren in die Höhe geschnellt, denn die Nachfrage nach kleinen, bezahlbaren Wohnungen war wesentlich größer als das Angebot. Der Umstand, dass immer mehr Mietwohnungen in Ferien- oder Luxuswohnungen umgewandelt wurden, bewirkte diesen Trend.

Wenn es eine Mieterhöhung war, würden sie damit wohl zurechtkommen. Jonas öffnete den Umschlag und las Anne den Brief vor:

Sehr geehrtes Ehepaar Nielsen,

leider muss ich Ihnen mitteilen, dass ich Ihre Wohnung für meine Schwiegereltern zum 01. September des kommenden Jahres beanspruche. Eine formgerechte Kündigung werden Sie in Kürze von meinem Anwalt erhalten.
Ich informiere Sie so frühzeitig, damit Sie sich in Ruhe nach einer neuen Wohnung umschauen können.

Sie sind angenehme Mieter und zahlen stets pünktlich. Um so mehr bedaure ich, Ihnen die Wohnung kündigen zu müssen. Aber aus dringenden familiären Gründen muss ich leider so handeln.

Für Ihre Zukunft wünsche ich Ihnen alles Gute.

Diese niederschlagende Nachricht machte das Paar für einen langen Moment sprachlos. Wie eine dunkle Wolke zog sie herauf und verdüsterte die eben noch frohe Stimmung der beiden.

Das kann er doch nicht machen!, waren die ersten Worte, die Anne wieder fand. *Wir wohnen hier schon zwölf Jahre! Für seine Schwiegereltern kann er doch eine andere Wohnung mieten. Ich will hier nicht weg! Laß uns einen Anwalt nehmen! Sprich mit Dethlefsen!*

Ich glaube, es sieht schlecht für uns aus, entgegnet Jona betrübt. *Mit einer Kündigung wegen Eigenbedarf kommt er wohl durch. Aber ich werde mit ihm sprechen, vielleicht finden wir ja eine Lösung,* versuchte Jona seiner Frau und sich selbst Zuversicht einzuflößen.

Heute wollte das Paar eine Radtour nach Nordstrand machen, doch der Brief hatte ihnen die Lust dazu genommen. Jetzt mussten sie erst einmal über die neue Situation beraten. Sie wollten das Problem besonnen angehen. Letztlich gab es aber nicht viele Möglichkeiten: Sie würden sich über ihre Rechte informieren, mit Anwalt und Vermieter reden. Erst wenn alles ohne Erfolg bliebe, würden sie nach einer neuen Wohnung suchen.

Bereits am nächsten Tag hatten sie einen Termin bei ihrem Anwalt. Nach Lektüre des Briefes konnte er Anne und Jona keine große Hoffnung machen.

Da Sie länger als zehn Jahre Mieter der Wohnung sind, muss der Vermieter Ihnen eine Kündigungsfrist von mindestens neun Monaten einräumen. Dass er Sie jetzt schon über seine Absicht informiert ist sehr entgegenkommend, finde ich. Das verschafft Ihnen einen zeitlichen Vorteil bei der Wohnungssuche. Sollten Sie in der verbleibenden Zeit jedoch keine vergleichbare bzw. zumutbare Wohnung finden, wäre das eventuell ein Härtefall, und wir könnten vielleicht eine Fristverlängerung herausholen. Letzten Ende müssten Sie jedoch die Wohnung aufgeben, schlimmstenfalls droht sogar eine Zwangsräumung. Tut mir leid, aber so stehen die Dinge nun einmal, schloss der Anwalt seine Einschätzung.

Aber vielleicht finden Sie ja im direkten Gespräch mit dem Vermieter noch eine Lösung, verabschiedete er tröstend das Paar, das sich enttäuscht auf den Heimweg machte.

Zu Hause hatten sie kaum die Haustür hinter sich geschlossen als Anne sich kraftlos in Jonas Arme fallen ließ und weinte. Jona war ebenso verzweifelt und hätte mit ihr weinen können. Aber das verbot er sich; für sie wollte er stark sein und ihr Halt geben.

Sören Dethlefsen war verreist und würde erst in zehn Tagen wieder erreichbar sein, erfuhr Jona von dessen Tochter. Die Tage zogen düster dahin und die Sorge um ihre Zukunft verfolgte Anne und Jona auch in den Nächten. Als schließlich ein Treffen mit der Vermieter vereinbart war, wollte Anne erst nicht mitkommen, weil sie sich schwach fühlte. Aber dann gab sie sich einen Ruck, sagte zu Jona:

Ich gehe mit. Zusammen sind wir stärker. Und zusammen halten wir das auch besser aus, falls wir nichts erreichen sollten.

Das ist schön, meine Liebe. Ich bin froh, dass du mit dabei sein willst, flüsterte Jona ihr ins Ohr und umarmte sie zärtlich.

Sören Dethlefsen wohnte ein paar Straßen weiter in einem schönen Einfamilienhaus. Er empfing das Paar am Vormittag an der Haustür und führte sie auf seine Terrasse, von der man in den gepflegten Garten schaute.

Darf ich Ihnen einen Kaffee anbieten?, fragte er.

Nachdem sie ein paar Worte über das Wetter und ihre Gesundheit ausgetauscht hatten, kamen sie zum eigentlichen Thema. Der Vermieter bedauerte nochmals, dass er dem Paar kündigen müsse und erzählte von seinen Schwiegereltern. Diese lebten auf einem Dorf mit schlechter Verkehrsanbindung, ohne Arzt und Einkaufsmöglichkeiten. Sie wollten gern in der Nähe ihrer Tochter und ihres Schwiegersohns leben. Es sei nicht leicht, eine passende Wohnung hier in der Stadt in ihrer Nähe zu finden.

Ich verstehe, dass es schwer für Sie ist, die Wohnung und die vertraute Umgebung aufzugeben. Aber meine Schwiegereltern benötigen Unterstützung. Sie sind alt und nicht mehr so gesund. Deshalb sollen sie in unsere Eigentumswohnung einziehen. Das ist unser Entschluss. Es tut mir Leid für Sie.

Anne weinte. Jona legte seinen Arm um sie und schaute Sören Dethlefsen an. In seinem Blick sah er Entschiedenheit, an der nicht zu rütteln war. Er bedankte sich und wollte gehen, da er nicht glaubte, noch irgendetwas erreichen zu können. Aber Anne machte noch einen Versuch:

Für Ihre Schwiegereltern ist es doch nicht so entscheidend, in welche Wohnung sie einziehen, wenn sie denn schön ist. Sie möchten sie in Ihrer Nähe haben, das verstehen wir. Husum ist eine kleine Stadt, da liegt doch jede Wohnung nicht weit von Ihnen entfernt. Wir aber leben schon über zwölf Jahre in unserer Wohnung. Wir lieben unser Viertel und sind nicht mehr jung genug, um uns woanders einzuleben. Bitte überdenken Sie noch einmal Ihre Entscheidung — unseretwegen. Wir waren doch immer gute Mieter.

Doch der Vermieter machte ihnen keinerlei Hoffnung und betonte nochmals, dass seine Entscheidung feststehe.

Als Anne und Jona wieder vor ihrer Wohnungstür standen, empfanden sie nicht wie sonst das gute Gefühl, nach Hause zu kommen. Jetzt war es anders. Sie wohnten hier nur noch auf Zeit und mussten jetzt immer an Abschied denken.

Die Sorge um ihre Zukunft lastete schwer auf ihnen. Anne wurde schweigsam, weinte viel und fühlte sich krank, obwohl draußen schönstes Frühlingswetter herrschte und das Zwitschern der Vögel den Frühling begrüßte.

Laß uns mit den Rädern zu den Lämmern am Dockkoog fahren. Ich möchte mit dir raus an die frische Luft und auf andere Gedanken kommen, schlug Jona beim gemeinsamen Frühstück vor. Noch ehe sie antworten konnte, stand er auf und umarmte sie.

Ich liebe dich. Zusammen sind wir stark, und es wird alles gut werden, gab Jona sich zuversichtlich und entschlossen.

Es war das erste Mal in diesem Jahr, dass sie auf ihren Rädern an der Husumer Au am Seedeich entlangfuhren. Sie spürten beide, wie gut es ihnen tat, hier draußen und unterwegs zu sein. Unzählige Schafmütter mit ihren Neugeborenen bevölkerten den mit sattem Grün bedeckten Deich. Ihre Jungen sprangen kreuz und quer, kämpften, stürzten und begannen immer wieder aufs Neue ihre ausgelassenen Spiele. Es machte Freude, ihnen zuzusehen.

Anne war froh, mit Jona hier zu sein und empfand wieder etwas Leichtigkeit und sah das, was sie seit Tagen so sehr besorgte, auf einmal in einem anderen Licht. Könnte das, was ihnen drohte, nicht auch eine Chance sein? Sie würden die Kündigung nicht verhindern können. Es wäre besser, das Unvermeidliche anzunehmen und nach vorne zu schauen, als im Jammer zu versinken und sich die Tage zu verderben.

Als das Paar Rast auf einer Bank machte und Anne aus einer Thermoskanne beiden heißen Tee einschenkte, lächelte sie Jona zu.

Wir werden uns eine neue Wohnung suchen – in Husum. Aber es könnte doch auch woanders sein, oder?, fragte sie und sah in Jonas Gesicht Staunen und Überraschung.

Woanders? Meinst du das im Ernst? Wo wolltest du denn hin?

Naja, erstmal sehen wir, ob wir was in Husum finden. Falls nicht – es gibt doch viele schöne Orte am Meer: Lübeck, Eckernförde, Flensburg oder vielleicht in Stade. Dann hätten wir meine Tochter in der Nähe und Hilfe, wenn wir später mal darauf angewiesen wären.

In Stade wohnte Dörte, Annes älteste Tochter, mit Familie und in Lübeck ihre zweite Tochter Annike.

Wir sind doch unabhängig und noch nicht zu alt für eine neue Umgebung, sagte Anne mit einer Stimme, die wieder den vertrauten, schönen Klang hatte, den Jona so vermisste, seit ihnen jener unerfreuliche Brief ins Haus flatterte.

Deine Idee, vielleicht woanders hinzuziehen, ist ja ganz neu. Laß uns erstmal sehen, was wir in Husum finden.

Anne hatte im Büro des Schiffsmaklers am Computer gearbeitet und Jona, der eigentlich nichts mit

Computern und Internet zu tun haben wollte, in die Materie eingeführt. Seit längerem besaßen sie ein Laptop, Anne zusätzlich ein Smartphone. Über das Internet verschaffte sich Anne einen schnellen Überblick über den Husumer Wohnungsmarkt. Der war allerdings ernüchternd. In ihrem Viertel wurde überhaupt keine Wohnung angeboten. Die wenigen übrigen, für sie bezahlbaren Wohnungen wiesen mal einen unmöglichen Grundriß, dann ein unattraktives Umfeld auf oder lagen in oberen Stockwerken von Hochhäusern. Und selten vorhandene Balkone waren entweder zu klein oder besaßen eine ungünstige Ausrichtung.

Eigentumswohnungen wurden wesentlich mehr angeboten. Jona hatte durch den Verkauf seines Elternhauses etwa neuzigtausend Euro erzielt, die seine Bank ohne derzeitige Aussicht auf Zinseinkünfte verwahrte und dem Paar als Sicherheitspolster diente. Die Nielsens überlegten, diese Summe nötigenfalls auch für den Erwerb einer Eigentumswohnung einzusetzen. Denn der Gedanke, nochmal eine Mietwohnung durch Kündigung zu verlieren, erschien ihnen angesichts ihres Alters zu bedrohlich. Dann hätten sie gleich um Aufnahme in ein Seniorenheim bitten können.

Doch mit dem verfügbaren Betrag eine hübsche kleine Wohnung zu finden, war illusorisch. Für den Kauf einer ähnlich ausgestatteten Wohnung wie der ihrigen hätten sie den doppelten Betrag aufbringen müssen, zusätzlich noch ein monatliches Hausgeld von etwa dreihundert Euro und zehntausend Euro Grunderwerbssteuer neben weiteren Kosten und Gebühren, die bei einem Kauf anfielen.

Einen Kredit aufzunehmen kam für Jona eigentlich nicht in Frage. Nie in seinem Leben hatte er sich Geld geliehen. Für den Rest seiner Jahre wollte er sich auch nicht mehr verschulden. Anne hatte da eine andere Haltung, aber sie stimmte zu, nach einer anderen Lösung zu suchen. Doch was für eine Lösung gab es noch?

Sie wollten in den kommenden Monaten regelmäßig die Wohnungsangebote studieren, auch Makler um Unterstützung bei ihrer Suche bitten. Sie hofften darauf, dass eine günstige Wohnung noch angeboten werden würde und sie auch das Glück hätten, als deren neue Mieter erwählt zu werden. Aber ihnen war auch bewusst, dass sie im Wettbewerb mit zahlreichen Wohnungssuchenden standen und ihre Chancen eher gering waren.

In den nächsten Wochen besichtigten Anne und Jona zwar einige Miet- und Eigentumswohnungen in ihrer Preisklasse, aber die waren alle so schlicht, dunkel oder marode, dass sie sich nicht vorstellen konnten, darin zu leben.

Das förmliche Kündigungsschreiben vom Anwalt des Vermieters war inzwischen eingetroffen und bestätigte das Datum, an dem die Wohnung nicht mehr dem Paar gehören sollte. Sie hatten das Schreiben erwartet und nahmen es mit Fassung, aber nun war es offiziell und die Kündigung juristisch so gut wie unanfechtbar.

Obwohl der Anwaltbrief sie nicht überraschte, so schmerzte doch jeder Satz, der darin stand und drohte, ihnen den Tag zu verderben.

Der Tag ist zu schön, um uns mit schlechten Gedanken zu plagen. Ich würde mich von dir gern zu einem kleinen Frühstück in unser Café einladen lassen, was hälst du davon, fragte Anne kurz entschlossen.

In ihrem Stammcafé im Schlossgang fanden sie draußen allerdings keinen freien Platz mehr, denn es war Wochenmarkt und bei *Jacqueline* verabredeten sich an so einem Tag viele. So fanden sich Anne und Jona vor dem italienischen Eiscafé am Hafen ein und genossen die milde Frühlingssonne bei einem duftenden Latte Macchiato. Es tat ihnen gut, den vorbeispazierenden Menschen und den diebischen Möwen zuzuschauen, die jedem Krümel nachjagten. Eine leichte Brise bewegte die vertäuten Boote und ließ das Wasser in stetigem Rhythmus an ihre Wandungen platschen. Der Hafen war ihr Lieblingsplatz in der Stadt, eine Tankstelle für inneres Wohlbefinden, der dunkle Gedanken verfliegen ließ. Und Anne mochte es, wenn das Personal sie mit *Signora* ansprach. Es war für sie wie eine Prise Italienurlaub.

Angesichts der geringen Aussichten auf eine neue, passende und bezahlbare Bleibe bedauerte Jona, dass er damals das Haus seiner Eltern verkauft hatte. Von dessen Erlös konnte er in Husum nicht mal eine einigermaßen akzeptable Wohnung kaufen. Er sehnte sich zurück in das kleine Haus mit Anne an seiner Seite. Doch beide hatten sich seinerzeit für ein Stadtleben entschieden. Wegen der steigenden Immobilienpreise konnten sich immer weniger Menschen eine Stadtwohnung leisten. Auch für das Paar stellte sich die Frage, ob sie ohne erhebliche Einbuße an Wohnqualität noch weiterhin in Husum würden leben können.

Das Paar wurde fast täglich mit der schwierigen Lage auf dem Husumer Wohnungsmarkt konfrontiert. Immobilienportale im Internet zeigten in anderen Küstenstädten ein ähnliches Bild: Für kleine Leute gab es kaum bezahlbaren Wohnraum.

In Jona wuchs mehr und mehr ein Gedanke, den erst einmal gründlich durchdachte, ehe er mit Anne darüber sprach.

Anne, brauchen wir wirklich sechzig oder siebzig Quadratmeter zum Wohnen? Kämen wir nicht auch mit der Hälfte aus? Wir könnten uns vielleicht ein ganz kleines Holzhaus bauen, das wir auch bezahlen können. Dafür bräuchten wir auch nur ein winziges Grundstück.

Anne sah ihn verdutzt an: *Ich weiß ja, am liebsten würdest du in einer selbstgebauten Trapperhütte wohnen –*

auf zehn Quadratmetern! Aber wir sind zu zweit und keine zwanzig mehr, Jona. Ich glaube, du hängst da einer Träumerei nach. Wir leben in Husum und nicht im Urwald, gab Anne lächelnd zurück.

Jona wusste, dass seine Idee, die er schon länger mit sich herumtrug, Anne nicht gefallen würde. Bereits vor Tagen hatte er nach kleinen Holzhäusern im Internet Ausschau gehalten und stieß dabei auf eine Bewegung, die in den USA viele Anhänger gefunden hatte und allmählich nach Europa schwappte. *Tiny homes,* kleine Häuser auf Rädern, gab es auf dem nordamerikanischen Kontinent inzwischen in so großer Zahl und in so vielen unterschiedlichen Variationen, dass sie dort unübersehbar waren. Der Gedanke, der sich mit dieser Bewegung verband, war es, vor allem für junge Leute bezahlbare kleine Wohnmöglichkeiten zu schaffen, die der Natur kaum Areale raubten und ein Höchstmaß an Flexibilität und Mobilität boten. Die kleinen mobilen Häuser wurden einfach mitgenommen, wenn ihre Besitzer wegen einer neuen Arbeitsstelle die Stadt oder den Bundesstaat wechseln mussten.

In Deutschland gab es auch bereits zahlreiche *tiny homes* und Betriebe, die sich auf deren Fertigung ausgerichtet hatten. Allerdings gab es bei der Aufstellung dieser Gefährte im Gegensatz zu den USA in Deutschland massive Probleme. Bei dauerhaftem Standort unterliegen sie dem Baurecht, benötigen eine Baugenehmigung und einen Bauplatz sowie Wasser- und Abwasseranschlüsse. Die fahrbaren Häuser einfach irgendwo in der Landschaft abzustellen, ist hierzulande nicht erlaubt. Auf Campingplätzen werden sie von den Behörden einiger Kommunen lediglich geduldet.

Jona jedoch schwebte ein Minihaus ohne Räder vor, das auf einem kleinen Bauplatz oder einem dafür abgeteilten Grundstück stehen sollte. Er hatte diese Idee, die von Tag zu Tag immer mehr Gestalt in seinem Kopf annahm. Er war von ihrer Machbarkeit überzeugt, aber er musste auch Anne für seine Idee gewinnen. Anderenfalls wäre sie nur eine Luftblase.

Zumindestens konnte er Anne dazu bewegen, sich Bilder, Filme und Grundrisse auf dem Laptop anzuschauen. Sie sahen hübsche kleine Häuser, die von Paaren bewohnt wurden, die alle jung waren und mit wenig Platz zurechtkamen. Anne gefielen zwar die Häuser mit ihren cleveren Stauraumlösungen, den winzigen Kochgelegenheiten und niedlichen Holzöfen; sie versprachen Gemütlichkeit und Geborgenheit. Aber Anne konnte sich nicht vorstellen, selbst auf so kleinem Raum zu leben.

Aber unser Haus würde zwei- bis dreimal soviel Platz bieten. Wir würden es so planen, dass alles, was wir benötigen, vorhanden ist – eine Wohnküche, ein Schlafzimmer, ein ausreichend großes Bad und kurze Wege von A nach B. Wir hätten unser eigenes Haus, einen kleinen Garten für

etwas Gemüse, vielleicht noch ein Gewächshaus und einen
Schuppen für unsere Räder und Gerätschaften.

Anne ließ Jona fabulieren, wollte ihm seinen Traum nicht nehmen, aber es war nicht ihrer. Sie sah sich nicht darin, obwohl Jonas Gedankenspiel eine angenehme Vorstellung in ihr weckte. Mit den realen Möglichkeiten hatte die Idee ihrer Meinung nach wenig zu tun.

In den nächsten Tagen saß Jona nun häufig vor dem Laptop. Das war ein ungewöhnliches Bild, denn Jona und der Computer passten eigentlich nicht zusammen. Aber jetzt wurde das Gerät zu seiner Hauptbeschäftigung. Er suchte zwar weiterhin nach Wohnungsangeboten in der Stadt. Aber da war kaum Neues zu entdecken, fast immer wurden nur die bereits bekannten Angebote angezeigt. Überwiegend vertiefte sich Jona daher in seine *tiny homes* und folgte allen Verästelungen seines Themas. Bald war er so vertraut mit der Materie, mit dem Baurecht, mit Preisen, mit technischen Details, dass seine Lust immer größer wurde, seine Idee in die Tat umzusetzen. Er vermied es jedoch, Anne darauf anzusprechen, wollte sich keine Abfuhr von ihr holen. Aber sie sah, dass Jona weiterhin nach kleinen Häusern im Internet suchte und spürte, dass ihn der Gedanke an ein eigenes Haus immer mehr beherrschte. Es war nicht richtig, dachte sie, seine Idee einfach abzutun, denn er verfolgte sie ja weiter, nur teilte er seine Gedanken nicht mit ihr.

Und das bedauerte sie nun doch. Sie konnte verstehen, das jemand, der schon so viele Gebäude aus Karton und Papier geschaffen hatte, große Lust bekam, ein echtes, eigenes Haus zu bauen. Jona würde weiter still über sein Vorhaben brüten und irgendwann ja doch mit ihr darüber reden. Sie wollte ihn nicht länger damit allein lassen:

Ich sehe ja, dass du immer noch nach kleinen Häusern Ausschau hälst. Hast du denn etwas Passendes für uns gefunden?, fragte Anne mit einem belustigenden Unterton.

Oh, es gibt so viele Modelle, Zuschnitte und Größen, antwortete Jona erfreut darüber, dass Anne endlich Interesse an dem Thema zeigte.

Da wäre auch was dabei, das dir gefallen würde. Aber ich denke, wenn wir uns für ein Minihaus entscheiden würden, sollte es nicht von der Stange kommen, sondern nach unseren Vorstellungen entworfen werden. Es sollte groß genug, aber so klein wie möglich sein – bezahlbar und umweltschonend.

Ich bin sehr skeptisch, ob ein so kleines Haus das Richtige für uns ist, das weißt du. Aber wenn wir vorhätten, es zu bauen, dann müsste es für jeden von uns einen Arbeitsplatz, einen Rückzugsort und ein eigenes Schlafzimmer haben und behindertengerecht sein, umriss Anne ihre Vorstellungen und hoffte, dass sich damit das Projekt bereits erledigt hätte.

Das sollte mit guter Planung machbar sein, nahm Jona ihre Einlassung an und war froh, dass seine Frau einen ersten Schritt auf ihn zugegangen war. Er würde schon etwas finden oder notfalls selbst entwerfen, das ihren Anforderungen genügte, war er sich sicher.

In den nächsten Tagen sprachen beide nun öfter über die Möglichkeit, auf kleinem Raum zu leben. War es vorstellbar, sich auf dreißig bis vierzig Quadratmetern im Alltag einzurichten? Anne wies beständig auf Probleme hin und Jona suchte nach Lösungen für sie. Er war überzeugt, dass sie in einem Minihaus ein bequemes und gutes Leben haben würden.

Mit einem kleinen Haus haben wir wenig Arbeit, geringe Unterhaltungs- und Energiekosten. Zudem schonen wir die Umwelt, weil wenig Material verbaut würde, zählte Jona die positiven Aspekte auf und hoffte, damit bei Anne zu punkten.

Aber eine Baulücke von nur zwei-, dreihundert Quadratmetern in der Stadt zu finden, halte ich für unrealistisch, wendete Anne ein. *Und wenn wir so ein Grundstück fänden, wäre es eingequetscht zwischen anderen Häusern.*

Anne wollte immer gern reisen, andere Länder sehen, Jona dagegen zog kleine Urlaube in norddeutschen Gefilden, an der Ostsee, in Mecklenburg-Vorpommern oder an der dänischen Küste vor. Während Anne nun auch öfter über ein Minihaus nachdachte, kam ihr auch das Reisen in einem

Wohnmobil in den Sinn. Eine Wohnung auf Rädern wäre doch eine gute Möglichkeit, das Leben auf kleinstem Raum auszuprobieren und gleichzeitig in schönen Landschaften unterwegs zu sein. Wenn sie beide in einem Reisegefährt, das gerade mal ein paar Quadratmeter Wohnfläche bot, wochenlang zusammen leben konnten, müssten ihnen im Husumer Alltag vierzig Quadratmeter doch auch genügen, sagte sich Anne. Aber dieser Versuch musste stattfinden, ehe sie sich auf das Wagnis Minihaus einließen.

3

Jona, wir werden unser Wohnungsproblem in diesem Jahr wohl kaum lösen können. Der Kündigungstermin liegt erst im Herbst des kommenden Jahres. Wir könnten doch jetzt den Sommer für eine größere Reise nutzen. Ich möchte so gern mit dir durch Skandinavien touren, am liebsten im Wohnmobil. Was hälst du davon?, überraschte Anne ihren Mann mit dieser Frage, die sie ihm aus heiterem Himmel stellte.

Statt ihr eine Antwort zu geben, schaute er sie nur verblüfft an.

Wir würden hier doch nur unsere Zeit absitzen. Vielleicht ist das unsere letzte Gelegenheit für eine große Unternehmung, sagte Anne und setzte nach einer bewusst gesetzten Pause lächelnd hinzu: *Bevor wir unser Hausprojekt beginnen.*

Jona verstand, dass Anne ihren Reisewunsch und *sein Bauvorhaben* auf eine Weise verband, dass es ihm schwerfallen würde, *nein* zu sagen. Er verreiste gern mit seiner Frau, auf dem Rad und mit dem Auto. Aber er fuhr ungern große Strecken, und Autobahnen waren ihm ein Greuel. Anne stellte ihn vor eine Herausforderung. Wenn er sie annahm, würde er sie glücklich machen und sie vielleicht einem Minihaus zustimmen. Er vermied es jedoch nachzufragen, ob sie es denn auch so meinte. Die Frage zum jetzigen Zeitpunkt offenzulassen schien ihm klüger. Stattdessen gab er sich einen Ruck und entschied anzunehmen, was Anne sich offenbar so sehr wünschte.

Okay, wir werden mit einem Wohnmobil in den Norden fahren und sehen, was diese Reise mit uns macht, hörte Jona sich sagen und war selber überrascht über seine spontane Zusage.

In den letzten Jahren hatte Anne immer wieder versucht, Jona zu großen Reisen zu bewegen. Aber er wollte im Land bleiben, dabei touristische Hochburgen meiden, lieber wenig erschlossene Landstriche entdecken. Verträumte Dörfer, Seen- und Flusslandschaften, ursprüngliche Wälder mit reichem Tier- und Pilzvorkommen.

Anne zog es ans Meer. Und so fuhren sie auch öfter an die Ostseeküste in Schleswig-Holstein und Mecklenburg-Vorpommern. Das Fischland und der Darß waren dabei ihre bevorzugten Ziele. Hier bot sich beiden viel, das sie entdecken konnten: Strand, Natur, schöne alte Häuser, Kultur, Cafés und gut ausgebaute Radwege, die herrliche Ausblicke eröffneten.

Anne schlang ihre Arme um Jona und küsste ihn zärtlich. Sie hatte nicht damit gerechnet, dass er auf einmal ihrem Wunsch zustimmte, nachdem er ähnliche Bitten von ihr bisher immer abgewehrt hatte mit Worten wie *zu aufwändig, zu weit, zu teuer.*

Dass er nun einfach einwilligte, machte sie sprachlos, aber glücklich.

Es war bereits Mitte Juni, da wollten sie keine Zeit verlieren. Gemeinsam suchten nun im Internet nach einem für sie geeigneten Wohnmobil. Der Zeitpunkt für eine Suche war ungünstig, denn die Nachfrage war groß und Mietfahrzeuge bei den Anbietern bereits weitgehend ausgebucht. Neue, mit allem ausgestattete Mobile waren teuer, aber auch ältere, weniger komfortable kosteten für eine mehrwöchige Mietdauer immer noch ein kleines Vermögen. Mehrere tausend Euro musste das Paar dafür veranschlagen. So eine Ausgabe würde den Etat für ein mögliches Minihaus erheblich mindern.

Jona war stets auf Sparsamkeit bedacht und überlegte, einen günstigen gebrauchten Wohnwagen zu kaufen und ihn nach ihrer Reise wieder zu verkaufen. Er fand auf einem Angebotsportal ein Fahrzeug, das er passabel fand:

Citroën Europa 690 Reisemobil, Baujahr 1997, 220.000 gefahrene Kilometer, 9.200 €

Mit Fußbodenheizung, Dusche, Solaranlage, Fahrradträger und Markise. Diverse Neuteile: Zahnriemen, Achsmanschette, drei neue 100 Ampere-Batterien. 6 Schlafplätze: 2 Etagenbetten und ein großzügiger Alkoven 220×160 cm, eine Rundecke, die sich zum Bett umfunktionieren lässt. Winterfest durch doppelten Boden

und isoliertes Dach. TÜV bis zum Sommer nächsten
Jahres. Geprüfte Gasleitungen gültig für zwei Jahre.
Guter Zustand, alles funktioniert einwandfrei.

Dieses Wohnmobil war zwar alt und hatte schon viele Touren und Kilometer hinter sich, aber es schien gut ausgestattet und reisefertig. Anne und Jona fuhren zu dem Anbieter nach Flensburg, um das Fahrzeug zu besichtigen.

Auf der Fahrt dahin waren beide angespannt, denn sie waren im Begriff, sich auf ein Abenteuer einzulassen. Wenn sie das Wohnmobil kauften, wäre das unweigerlich der Startschuss dazu.

Der Besitzer des Wohnmobils empfing sie gemeinsam mit seiner Frau nachmittags auf deren Gartenterrasse und lud das Paar zu Kaffee und frisch gebackenem Kuchen ein. Aber Anne und Jona wollten unbedingt vorher einen Blick auf das Fahrzeug werfen. Es stand verdeckt hinter einer Hecke und war blitzblank herausgeputzt. Es sah in seinem gepflegten Zustand überhaupt nicht nach einem über 20jährigen Oldtimer aus.

Auch innen hatte er ein patentes Aussehen; alles strahlte frisch, und nichts roch muffig. Lediglich einige helle Kunststoffverkleidungen waren vergilbt. Der Besitzer, dem sie anmerkten, wie verbunden er mit seiner Wohnung auf Rädern war, zeigte ihnen alle Details. Er hatte mit seiner Frau und anfangs noch gemeinsam mit seinen Kindern mit dem Wohnmobil ganz Europa bereist. So wurde es für sie zu einem Gefährten und Zuhause für viele Jahre. Nun sollte es in andere Hände gehen. Es wegzugeben fiel dem Ehepaar offensichtlich schwer.

Nun lassen Sie uns erstmal Kaffee trinken, eine Probefahrt können Sie dann ja noch danach machen, lud der Gastgeber wieder auf seine Terrasse.

Am gedeckten Kaffeetisch erzählten Anne und Jona von ihren Reiseplänen und erhielten Ratschläge und Tipps, die sie als zukünftige unerfahrene Mobilisten gern annahmen.

Bei der anschließenden Probefahrt lenkte Jona das große Fahrzeug behutsam durch das Stadtviertel, während Anne auf dem Beifahrersitz den Atem anhielt. Schon bei dieser ersten Fahrt empfanden beide ein Hochgefühl. Sie genossen die erhabene Sitzposition auf bequemen Polstersesseln und den Ausblick, den die große Panoramascheibe gewährte. Als sie zu dem Besitzerpaar zurückkehrten, war die Entscheidung gefallen. Sie kauften das Gefährt und verabredeten eine baldige Abholung.

Als Anne und Jona wenige Tage später mit der Bahn und neuen Nummernschildern nach Flensburg reisten und sich mit dem Wohnmobil winkend von den früheren Besitzern verabschiedeten, sahen sie Tränen in ihren Augen. Anne dachte in dem Moment daran, dass sie selbst bald ihre Wohnung verlieren und dann ähnlich empfinden würden.

Zu Hause in ihrer Straße fanden sie keinen freien Parkplatz für das große Fahrzeug. Jona stellte es in einer Nebenstraße ab und parkte es am nächsten Tag so in der Nähe ihres Mietshauses, das er und Anne es vom Balkon im Blick hatten.

Beim Frühstück stießen sie auf ihre neue Rolle als Wohnmobilbesitzer mit einem Glas Sekt an und wünschten sich schöne gemeinsame Reisen. Vom Balkon aus sahen sie, dass Bewohner der Straße ihr Besitztum neugierig inspizierten, ins Fahrerhaus schauten und sich offenbar über den Neuzugang unterhielten. Wer mochte hier zu Besuch sein, wer erdreistete sich, hier sein Wohnmobil abzustellen?

Anne und Jona amüsierten sich darüber. Bis Tante Hilde mit Polly im Anmarsch war. Auch Hilde inspizierte das unbekannte Fahrzeug beiläufig, aber Polly hob gleich zweimal ihr Hinterbein und markierte mit dünnem Strahl einen Reifen. Das musste nun wirklich nicht sein, fand Jona. Wahrscheinlich würden alle Hunde der Straße seinem blankgeputzten Mobil solch eine Reviermarke verpassen. Das gefiel ihm nicht.

Das wird die Reifen schon nicht verätzen, versuchte Anne ihn zu besänftigen.

Das große, auffällige Mobil in der Straße zu parken war auf Dauer keine gute Lösung. Sicher würde es auch bald die Anwohner auf den Plan rufen. Über das Parkproblem hatte sich das Paar vor dem Kauf noch keine Gedanken gemacht. Sie benötigten einen sicheren Stellplatz, das war unumgänglich.

Jona hielt nach seinem Renteneintritt noch regelmäßig Kontakt zu seinem früheren Arbeitgeber Harm Feddersen und seinen einstigen Kollegen Melf, Heinrich und Andreas, die schon so lange dem Betrieb angehörten und in milden Wintern dort auch durchgängig beschäftigt waren. Freitags nach Feierabend besuchte Jona gelegentlich noch den Gartenbaubetrieb, brachte Kaffee und frischen Kuchen mit und plauderte gern mit ihnen. Er betrachtete sie als seine Freunde. Wenn Kunden ihre Obstbäume beschneiden lassen wollten, verwies Harm Feddersen sie immer an Jona, der diese Arbeiten gern und gut ausführte. Auf die Weise blieb er gewissermaßen *im Geschäft*.

Auf dem Gelände des Betriebes war reichlich Platz vorhanden, und als Jona Harm Feddersen fragte, erlaubte der ihm, sein Wohnmobil in einer Ecke bei ihm abzustellen.

Wenn es nur für ein paar Monate sein soll, ist das okay. Aber für dessen Sicherheit kann ich keine Verantwortung übernehmen. Hier wir viel rangiert, auch Diebe treiben manchmal ihr Unwesen bei uns, erklärte er.

Das Fahrzeug ist schon ziemlich alt, das will bestimmt niemand klauen, sagte Jona und bedankte sich für den Stellplatz.

Einige Nachbarn und Anwohner der Straße hatten beobachtet, das Anne und Jona dem Wohnmobil entstiegen waren. So sprach sich schnell herum, dass das Paar wohl bald auf große Fahrt gehen würde. Tante Hilde war die Erste, die nachfragte.

Wollt ihr verreisen?, rief sie Anne und Jona, die gerade wieder auf dem Balkon frühstückten, von der Straße aus zu.

Das Paar mochte es nicht für alle hörbar hinausbrüllen. Jona rief nur verhalten zurück: *Vielleicht. Mal sehen.*

Tante Hilde verstand wohl, dass sie heute nicht mehr erfahren würde, gab sich mit der Antwort zufrieden und zog mit Polly weiter.

Anne und Jona planten, ihre Reise Anfang August zu starten. Bis dahin hatten sie noch zwei Wochen Zeit. Sie wollten sie für erste kleine Ausflüge mit ihrem Mobil nutzen und steuerten abends nach einem sehr warmen Tag den hoch gelegenen Parkplatz am *Holmer Siel* auf Nordstrand an.

Auf der Fahrt dahin summte Anne fortwährend Melodien auf dem Beifahrersitz und genoss den Ausblick über das Wattenmeer und die weite Landschaft.

Weißt du Jona, als wir uns kennenlernten und uns verliebten, da hab ich mich so lebendig gefühlt. Es war eine so wunderbare Zeit. Dieses Gefühl ist mir durch unseren Alltag etwas abhanden gekommen. Aber jetzt, wo wir mit

51

unserem Wohnmobil unterwegs sind, fühle ich mich wieder wie ein junges Mädchen, das sich danach sehnt, die Welt kennenzulernen. Es ist ein wunderbares Gefühl. Ich danke dir sehr, sehr für das Reisemobil und dafür, dass du dich so unkompliziert entschieden hast, mit mir zu reisen. Fühlst du auch wie ich?

Wie ein jungen Mädchen fühle ich mich gerade nicht, aber sonst geht es mir ähnlich wie dir, erwiderte Jona. *Es ist herrlich, mit eigener Wohnung zu reisen. Es belebt mich und gibt mir ein Gefühl von grenzenloser Freiheit. Und es ist schön, mit dir zusammen zu sein und alles, was uns noch erwartet, gemeinsam mit dir zu erleben. Mit dem Kauf haben wir das Richtige getan.*

Laß uns doch jetzt Dinge tun, die wir uns bisher nicht trauten. Das Leben ist zu kurz, um es vorbeiziehen zu lassen. Wer weiß, wie lange wir dazu noch in der Lage sind, beschwörte sie Jona.

Er hatte sie verstanden, erwiderte aber nichts. Dann sah er zu ihr hinüber und nickte ihr zu.

Als sie auf dem Parkplatz ankamen, standen bereits mehrere Wohnmobile dort. Für ihr Fahrzeug war gerade noch eine Lücke frei. Jona parkte es mit der Front zur Seeseite, so dass sie Ausblick auf das Meer, auf die Hallig Nordstrandischmoor und im Westen auf die Insel Pellworm hatten. Die langsam untergehende Sonne verwandelte den Himmel in ein großartiges Gemälde, dessen leuchtende Farben sich auch im Meer spiegelten.

Die beiden betrachteten von ihren Sitzen im Fond des Fahrzeugs das prächtige Naturschauspiel, schwiegen und genossen die Abendstimmung. Auf dem Deich fraßen noch einige Schafe; die meisten hatten sich bereits niedergelegt. Lediglich ein Schwarm Wildgänse zog hoch am Himmel vorüber und durchbrach mit lautem Tröten die Stille.

Ich finde, wir sollten unserem Wohnmobil einen Namen geben, das fände ich persönlicher. Es ist ja nun unser Gefährte, sagte Anne, während sie Jona und sich Minztee einschenkte.

Anne schlug *Anton* vor, aber Jona fand einen weiblichen Vornamen passender. Nach einem langen Spaziergang fuhren sie spät am Abend mit *Emma* wieder zurück. Sie waren nun zu dritt.

Auch die nächsten Tage machten sie mit Emma Touren. Sie wollten mit ihr und ihrer Technik vertraut werden und gleichzeitig an schönen Orten verweilen. Mit ihren am Heck vertäuten Rädern steuerten sie die Schlei, den Nord-Ostsee-Kanal und Eiderstedt an. Immer dicht am Wasser radelten sie durch die sommerliche Landschaft entlang wogender Kornfelder, begleiteten auf dem Kanal große Schiffe und sahen auf dem Meer Segelboote und Krabbenkutter an sich vorüberziehen. Für ein Picknick suchten sie sich eine Bank oder einen Platz im Gras mit schöner Aussicht. Ein Café konnte ihnen kaum Besseres bieten.

Solche Ausflüge bescherten sie reich mit Eindrücken und Erlebnissen, die sie nach Hause mitnahmen und noch lange nachwirkten.

In den letzten Julitagen erledigten Anne und Jona ihre Vorbereitungen für ihre große Reise. Sie kauften Lebensmittel, einige zusätzliche Kleidungsstücke, mehrere Gasflaschen, zwei Klappstühle und einen Klapptisch und andere Dinge, die sie für wichtig hielten. Jona überprüfte noch die Fahrräder und fuhr mit Emma in eine Werkstatt, um Motor und Fahrwerk begutachten zu lassen. Außer kleinen Mängeln, die schnell behoben wurden, waren keine Reparaturen erforderlich.

Zu Hause studierten die beiden mehrere Landkarten, um ihre Reisewege zu planen. Sie holten ihr Navigationsgerät aus ihrem Auto und plazierten es an Emmas Frontscheibe. Es würde sie zuverlässig zu ihren Zielen führen, so hofften sie.

Als sie Emma die letzten Tage vor ihrer Abfahrt in ihrer Straße beluden, wurden sie immer wieder von Nachbarn angesprochen. Sie fragten, wohin nach dem Ziel ihrer Reise und wie lange sie bleiben wollten. Tante Hilde zählte zu den ersten, die sich erkundigten, während Polly wieder mal ihr Hinterbein gegen eines von Emmas Rädern hob.

Wenn ich noch ein paar Jahre jünger wäre, würde ich zu gern mit euch fahren. Schweden ist mein Traum, nur leider war ich noch nie dort. Gute Fahrt und grüßt mir die Trolle!

Am Tag darauf bestaunte auch Willi, der Postbote, das Wohnmobil am Straßenrand und beglückwünschte das Paar zu ihrer mutigen Entscheidung, sich in ihrem Alter das erste Mal mit so einem Gefährt auf eine lange Reise zu begeben.

Bald gehe ich in Pension. Vielleicht mache ich mich mit so einem Wohnmobil auch auf den Weg. Mein Ziel wäre Südfrankreich, die Provence, und weiter nach Italien. Allerdings müsste ich meine Frau noch überzeugen. Ich beneide euch! Schickt eurem besten Postboten mal 'ne Ansichtskarte!

Almut, ihre Nachbarin, hatten sie gebeten, den Briefkasten zu leeren und ihre Balkonpflanzen zu gießen. Reife Tomaten und Gurken sollte sie gern für sich ernten.

Früh morgens am ersten Augustsonntag lud das Paar noch letzte Dinge ein. Da sahen sie Hilde mit Polly auf sich zukommen.

Ich hab euch einen Glücksbringer genäht. Den solltet ihr mitnehmen, man weiß ja nie, was so alles passiert unterwegs, sagte sie und kramte aus ihrer Jackentasche einen kleinen Elch aus rotem Stoff hervor und übergab ihn mit einem Augenzwinkern.

Oh, Glück können wir bestimmt gebrauchen, das ist lieb von dir, Tante Hilde, bedankte sich Anne tief berührt von diesem Geschenk und umarmte die alte Dame. Tante Hilde war auch die einzige, die den beiden zum Abschied zuwinkte.

4

Sie fuhren in Richtung Dänemark, wollten über die Inseln Fünen und Seeland von Kopenhagen nach Malmö in Südschweden übersetzen. Sie hatten nur grob eine Route festgelegt und wollten spontan entscheiden, wie lange sie irgendwo blieben und welche Ziele sie ansteuerten.

Jona hatte ein mulmiges Gefühl wegen der bevorstehenden Brückenquerungen. Über viele Kilometer würden sie in großer Höhe über das offene Meer fahren. Sorgen machte ihm auch der Gedanke an mögliche Probleme mit Emma. Was wäre, wenn sie plötzlich streiken würde? Von Motoren und Autotechnik hatte er so gut wie keine Ahnung. Im Fall des Falles müssten sie sie in eine Werkstatt abschleppen lassen – und das im Ausland, mit ihren geringen Sprach- und Ortskenntnissen. Aber Jona wollte Anne nicht beunruhigen, und so behielt er seine Gedanken für sich.

Die erste Brücke über den Kleinen Belt führte vom dänischen Festland auf die Insel Fünen. Mit ihrer Spannweite von 1700 Metern war sie für Jona nur ein kleiner Vorgeschmack auf das Kommende. Die Große Beltbrücke von Fünen nach Seeland maß mehr als das Zehnfache an Länge. Und die Öresundquerung von Kopenhagen nach Malmö wies immerhin noch knapp acht Kilometer auf.

Nach wenigen Stunden Fahrt kamen die unerfahrenen Wohnmobilisten auf Fünen an. Hier wollten sie ihre erste Nacht mit Emma verbringen und waren gespannt, wie sie auf engem Raum zurechtkommen und schlafen würden. Vorher machten sie einen Bummel durch Odense, fuhren anschließend an die Ostküste der Insel auf einen Campingplatz und erfrischten sich mit einem Bad im Meer.

In der Nacht hatten beide nicht gut geschlafen. Das lag aber weniger an Emma und ihrem eingeschränkten Komfort. Der aufregende erste Reisetag, die ungewohnte Umgebung und die neuen Eindrücke ließen sie lange wach bleiben. Als Anne am nächsten Morgen durch Klopfgeräusche aufwachte und aus dem Fenster schaute, blickte sie in Jonas lächelndes Gesicht.

Guten Morgen, mein Schatz, darf ich dich zu einem dänischen Frühstück einladen?, begrüßte er sie.

Die Sonne stieg am Horizont auf und ließ das Meer orangefarben glitzern. Anne kehrte vom Waschhaus zurückkehrt. Neben Emma hatte Jona den Klapptisch aufgestellt und ein Frühstück bereitet. Es bot knusprige, über der Gasflamme aufgebackene Brötchen, frisch gebrühten Kaffee, Butter, Marmelade und Honig. Nicht unbedingt typisch dänisch, aber auf königlich-dänischem Boden mit Blick auf den Großen Belt, auf Möwen und vorbeiziehende Schiffe.

Ich danke dir, mein Lieber, und danke liebe Sonne, sagte Anne, küsste Jona und setzte sich zu ihm an den gedeckten Tisch, dessen Mitte mit einer gelben Blume geschmückt war, die ihr Gefährte am Wegrand gepflückt hatte.

Die beiden blieben noch einen Tag und eine Nacht. Sie wollten in dem Gastland erstmal ankommen, sich ganz in Ruhe in der Region umsehen und die schöne Landschaft mit allen ihren Sinnen aufnehmen.

Am nächsten Morgen brachen sie auf und sahen schon von weitem die imposante Brücke, die sie über den Großen Belt führen sollte. Achtzehn Kilometer verlief die ungewöhnliche Autobahn hoch über dem offenen Meer. Beide hielten den Atem an, als Emmas Räder die ersten Brückenmeter berührten. Es war, als würden sie mit ihr allmählich in die Luft steigen und eine Flugreise beginnen. Doch schon bald löste sich bei beiden die Anspannung, und Emma rollte auf der perfekten Fahrbahn leise und in gerader Linie dahin. Nach einigen Kilometern begannen Anne und Jona die Brückenfahrt sogar zu genießen, denn sie schenkte ihnen grandiose Ausblicke auf die dänische Inselwelt. Sie staunten über das grandiose Bauwerk, das größte, das sie je sahen.

Über Seeland erreichten sie nach einigen Stunden Kopenhagen und fanden an einem Jachthafen einen Stellplatz mit Toiletten und Waschräumen. Nach einer kleinen Mittagsmahlzeit wollten sie mit ihren Rädern das nur wenige Kilometer entfernte Hafenviertel Nyhavn und die legendäre Freistadt Christiania besuchen. Die Strecke führte sie auf breiten, gut ausgebauten Radwegen, die immer wieder Ausblicke auf das Meer gewährten, ins Zentrum. Es schien ihnen, als wäre die ganze Stadt auf Fahrrädern unterwegs. Überall sahen sie Radler und nur wenig Autoverkehr. Überwiegend junge Leute und bunte Hausfassaden beherrschten die Hafenszenerie. Zahlreiche Cafés und Restaurants luden hier zum Verweilen ein. Anne und Jona tauchten in die entspannte maritime Atmosphäre und ließen sich von dem Flair der dänischen Hauptstadt gefangennehmen.

Draußen vor einem Café fanden sie einen optimalen Platz, von dem sie direkt auf das Hafengeschehen blickten. Nach einem stärkenden *echten* dänischen Frühstück radelten sie weiter nach Christiania, der großen alternativen Wohnsiedlung mitten in der Stadt. Die Menschen, die dort lebten, entfalteten so viel Kreativität in ihren Werkstätten, Ateliers und kunstvoll gestalteten Gebäuden, dass das Paar davon regelrecht überwältigt war.

Der Tagesausflug genügte den beiden. Sie waren nicht allzu versessen auf den Lärm und den Trubel einer Großstadt. Aber dieser weltoffenen fahrrad-freundlichen Stadt wollten sie wenigstens einen Besuch abstatten. Und sie fanden, dass er sich mehr als gelohnt hatte.

Als sie am Abend erschöpft zu ihrem Stellplatz an der Marina zurückkehrten und ihr Wohnmobil aufschlossen, war es für sie wie nach Hause zu kommen. Von der lauten, großen Stadt in Emma beschützenden Raum zu treten und sich wieder auszuruhen, tat ihnen einfach gut.

Sie hatten bereits in einem Smørrebrøds-Restaurant ein kleines Abendbrot zu sich genommen. Aber jetzt hatten sie wieder Hunger und aßen den vom Hafen mitgebrachten Räucherfisch zu leckerem Brot, das sie in einer Bäckerei gekauft hatten.

Sie waren so müde von ihrem Ausflug, dass sie bald darauf schlaftrunken ihr Bett aufsuchten. In dieser Nacht schliefen sie tief und erholsam.

Bevor sie am nächsten Morgen Dänemark Richtung Malmö verließen, kauften sie sich für ein späteres zweites Frühstück in einer Kopenhagener Bäckerei noch ein großes Stück *Wienerbrød*, jenes fluffige dänische Plundergebäck mit Marzipanfüllung, das bei ihren Dänemark-Urlauben stets dazugehören musste.

Auf der Öresund-Brücke, die in einen langen Senktunnel mündete, waren Anne und Jona nicht mehr so angespannt wie bei der Querung über den

Großen Belt. Emma hatte sich bislang als zuverlässig erwiesen. Sie vertrauten ihr und spürten von Tag zu Tag eine stärker werdende Verbindung.

Ihre Fahrt führte bei schönstem Wetter an der südschwedischen Küste entlang. An einem einladenden Strandabschnitt erfrischten sie sich mit einem Bad im Meer und genossen anschließend unter der aufgespannten Markise Tee, Wienerbrød und die frische Brise vom Meer.

Ihr nächster Halt war ein riesiger Campingplatz in der Inselstadt Karlskrona, die zum Weltkulturerbe ausersehen wurde. Hier wollten sie ein paar Tage bleiben und die kleine Hafenstadt und die umgebende Inselwelt besuchen.

Zu Fuß und auf ihren Rädern erkundeten sie das traumhaft in den Schären gelegene Städtchen. Auf einer kleinen Landzunge der Insel Dragsö entdeckten sie Brändaholm, Schwedens berühmte, vielleicht sogar schönste Schrebergartenkolonie. Viele kleine Holzhäuschen im landestypischen Rot schmiegten sich hier auf einem Hang aneinander und bildeten ein wunderschönes pittoreskes Ensemble. Die Wohnfläche dieser Häuser durfte, so lautete eine Vorgabe, nicht größer als 32 Quadratmeter sein. Alle Häuschen besaßen ein ähnliches Aussehen, die gleiche Ausrichtung und waren neben-, über- und untereinander plaziert. Der Ort strahlte Zauber und Schönheit aus und repräsentierte ein Schwedenbild, von dem viele träumen.

Jona hatte, als er ihre Reiseroute plante, über diese Siedlung gelesen. Dass diese Häuser ziemlich genau die Größe besaßen, die er für das eigene Hausprojekt favorisierte, ließ ihn sofort aufhorchen. Zu diesem Ort wollte er unbedingt mit Anne, da er hoffte, dass sie sich in diese Minihäuser verlieben würde.

Und so war es. Beide waren entzückt von der Harmonie und der unglaublichen Ausstrahlung, die von diesem Ort ausging. An einem Vormittag machte sich Anne noch einmal allein auf den Weg dorthin, um das Idyll auf ihrem Malblock in mehreren Skizzen und Farbstrichen festzuhalten. Sie zeichnete auch Details der einzelnen Häuser und Gärten – Giebel, Fenster, Blumenkästen und Pforten. Zu gern hätte sie in das Innenleben der Gebäude geschaut.

Jona freute sich, dass Anne so begeistert von den kleinen Holzhäusern war.

Mit wie wenig Raum die Menschen doch früher ausgekommen sind, sagte Anne, als beide ihre Bilder betrachteten. *Es muss für die Familien eine glückliche Zeit gewesen sein, wenn sie hier ihre Sommer verbrachten. Jona, so ein Häuschen für uns beide. Das würde mir gefallen!*

Dieses wunderbare Fleckchen Erde und die Schärenwelt gefiel ihnen so gut, dass sie über eine Woche blieben. Dann aber setzte heftiger Regen ein, der sie den ganzen Tag über im Wohnmobil festhielt. Deshalb fuhren sie weiter nach Öland, Schwedens zweitgrößter Insel. Mittlerweise war es Mitte August. Die Feriensaison auf Öland neigte sich bereits dem Ende entgegen und mehrere Ausflugslokale und Geschäfte hatten schon geschlossen. Anne und Jona besaßen genug Lebensmittel an Bord, so dass sie auf Restaurants und Läden nicht unbedingt angewiesen waren. Sie wollten den Besonderheiten dieser großen Insel nachspüren, abziehende Urlauber störten sie dabei nicht.

Überall auf der Insel sahen sie alte hölzerne Windmühlen. Hier passten sie in die Landschaft, bildeten mit ihr ein harmonisches Ganzes. Zu Hause in Nordfriesland erschienen ihre modernen Nachfolger in ihrem massenhaften Auftreten wie ein Heer von Ungeheuern, die dem Land ein trauriges Aussehen verliehen.

Die flache Insel lud das Paar zum Radfahren und Baden ein. Es besuchte Leuchttürme, Schlösser und kleine Ortschaften, aber letztlich bot Öland den beiden nicht das, was sie sich eigentlich von Schweden erhofften – Urwälder, Seen und *Bullerbü*.

Nach zwei Tagen Aufenthalt zog es das Paar wieder auf das Festland in Richtung schwedische Hauptstadt. Auf dem Weg dorthin machten sie einen Abstecher nach Vimmerby in Småland, wo die Schriftstellerin Astrid Lindgren ihre Kindheit verbrachte und in dem viele ihrer weltberühmten

Erzählungen angesiedelt waren. Zusammen mit ihren Freundinnen hatte Anne als kleines Mädchen die Abenteuer der *Kinder von Bullerbü* vor dem Fernseher verfolgt und sich nach jenem Dorf gesehnt, in dem *Bosse, Lasse* und *Lisa* so glücklich lebten. Später ist sie mit ihren eigenen Töchtern in das Phantasiereich dieser Kinder und dem von *Pippi Langstrumpf* und *Michel aus Lönneberga* eingetaucht. Sie sah mit ihnen unzählige Filme und musste ihnen immer wieder aus Lindgrens Büchern vorlesen.

Auch Jona kannte viele ihrer Erzählungen von Verfilmungen, die er als Kind im Fernsehen bei Nachbarn sah, denn seine Eltern kauften sich erst spät einen eigenen Fernseher. Vor allem die Detektivgeschichten mit *Kalle Blomquist* und seinen Freunden hatten es ihm angetan.

Hier an den Traumort ihrer Kinder und ihrer eigenen Kindheit anzukommen, empfand Anne wie eine Rückkehr. Vor ihr lag das schönste Dorf der Welt, wie sie damals dachte, und nach dem sie sich gesehnt hatte. Die Geschichten von Astrid Lindgren beflügelten ihre eigene Phantasie und verbanden sie innig mit dem Land und seinen Bewohnern.

Die Figuren und Schauplätze aus Astrid Lindgrens Erzählungen wurden an diesem Ort einem Schauspielerensemble, mit Holzhäuschen, Scheunen und Schotterwegen wiederbelebt und ließen Kinderherzen höher schlagen. Aber es hatte etwas von Disneyland. Originalität, Charme und Herzenswärme, die die Bücher und frühen Filme ausstrahlten, suchte man hier vergebens. Dennoch empfanden Anne und Jona die Begegnung mit diesem Ort berührend.

Am späten Nachmittag reiste das Paar weiter und kam abends in der schwedischen Hauptstadt an. Wie Karlskrona wurde sie auf zahlreichen Inseln erbaut, und ihre Viertel waren mit unzähligen Brücken verbunden. Anne und Jona freuten sich über ihre Ankunft in dieser schönen Stadt und feierten sie mit einem ausgiebigen Abendessen und einem besonderen Tropfen Wein.

Sie hatten Glück und ergatterten noch einen freien Platz auf einem nur für Wohnmobile bestimmten Areal. Es lag in naturschöner Umgebung unweit des Zentrums und der Stockholmer Altstadt. Hier trafen sie auf Wohnmobilisten aus halb Europa. Fast alle hier vertretenen Wohnmobile waren größer und luxuriöser als Emma. Es war leicht, mit ihren Besitzern ins Gespräch zu kommen. Gern saß das Paar mit ihnen zusammen. Es machte Spaß zu plaudern, zu lachen und gemeinsam zu grillen. Alle waren hier guter Laune, und bei Problemen halfen sich alle gegenseitig.

Sie blieben länger, als sie es eigentlich vorhatten. Denn hatte Stockholm viel zu bieten. Auf gut ausgebauten Radwegen erreichten sie viele ihrer Ziele bequem und ohne große Anstrengung. Sie bummelten mehrmals durch die engen Gassen der Altstadt mit prächtigen, in Erdfarben gestrichenen Giebelhäusern und liebten es, die kleinen Plätze mit Cafés, Restaurants, Galerien und Läden, die ausgefallenes Kunsthandwerk anboten, zu besuchen. Anne kaufte Ansichtskarten und schrieb draußen vor einem Café an ihre Töchter und eine Karte an Hilde:

Liebe Tante Hilde,

unsere Reise hat uns nach Stockholm geführt. Es ist eine wunderschöne Stadt und das Wetter hier ist herrlich. Dein roter Glückselch begleitet uns und hängt am Rückspiegel hinter der Frontscheibe unseres Wohnmobils, von wo er beste Aussicht auf Meer, Wälder und Seen hat. In ein paar Wochen werden wir wohl wieder zu Hause sein.

Herzliche Grüße, auch an Polly, senden aus Schweden

Anne und Jona

Unter den Mobilisten war auch ein holländisches Paar, das ihr Fahrzeug neben Emma geparkt hatte. Kees und Mareike kamen aus der Provinz Utrecht. Beide waren wie die Nielsens Rentner. Kees hatte als Handelsvertreter für Gartenmöbel in Deutschland und Österreich gearbeitet; Mareike war ehemals Lehrerin an einer Basisschule. Das Paar lud die Nielsens zu einem Grillabend ein, der so fröhlich und ausgelassen verlief, dass die Beteiligten beschlossen, in den verbleibenden Tagen gemeinsam etwas zu unternehmen.

Mit einem alten, restaurierten Schiff machten sie eine mehrstündige Fahrt durch die eindrucksvolle Schärenwelt vor Stockholm, besuchten das weltweit älteste Freilichtmuseum Skansen und den Kungsträdgarden, einen der schönsten Parks Stockholms. Dieser in der Altstadt gelegene Königsgarten, dessen Zentrum eine große Wasserfläche bildete, begeisterte Jona. Der Park war perfekt gestaltet und wunderbar eingebettet in das Viertel. Er bot den Menschen eine Oase mitten in der Stadt. An der Gestaltung einer so schönen Anlage hätte er gern in seinem früheren Beruf mitgewirkt und Bleibendes für Generationen geschaffen.

Die Utrechter und die Nordfriesen wurden Freunde. Das niederländische Paar wollte zur Weiterfahrt aufbrechen und noch mehrere Wochen durch Skandinavien touren. Sie versprachen, auf ihrer Rückreise bei Anne und Jona in Husum vorbeizuschauen.

Dann können wir noch eine Flasche Genever aufmachen, witzelte Kees.

Wir können auch einen friesischen Teepunsch anbieten, antwortete Jona und winkte dem Paar zum Abschied zu.

Wenig später verließen auch Anne und Jona Stockholm und setzten ihre Reise in südöstlicher Richtung fort.

Nach etwa einer Fahrstunde wies eine Abzweigung auf das Dorf Mariefred hin. Dem Paar war bekannt, dass ganz in der Nähe dieses Ortes das Schloss Gripsholm lag. Kurt Tucholsky hatte Anfang der dreißiger Jahre einen Roman geschrieben, in dem er das Schloss als Schauplatz einer Liebesgeschichte wählte. Weder Anne noch Jona kannten den Roman, aber dessen Verfilmung. Das Schloss war so eng mit deutscher Literatur verknüpft, dass sie es unbedingt sehen wollten.

Das imposante ziegelrote Bauwerk mit seinen hohen Türmen stand majestätisch in wunderschöner Landschaft. Sein Inneres sah das Paar voller Prunk mit kostbaren Möbeln, Teppichen und Gemälden ausgestattet. Sogar einen prächtigen Theatersaal barg es unter seinem Dach.

Der Besuch der beiden war nur kurz, aber sie hätten es später vielleicht bereut, wenn sie diesen Abstecher nicht gemacht hätten.

Auf ihrer Weiterfahrt, die sie durch riesige Waldareale führte, fing es heftig an zu regnen. Erst am Abend, als sie Station in Kristinehamn, einer Kleinstadt in der Provinz Värmland am Nordufer des Vänern, machten, hörte der Regen endlich auf. Der Vänern ist Schwedens größter See und zehn mal größer als der Bodensee. Mit seinen Ausmaßen erschien er den staunenden Ankömmlingen wie ein Meer, das sich mitten im Land ausbreitete.

Für Emma fanden sie einen nur für Wohnmobile bestimmten Platz direkt an einer Bucht des Vänern. Nur etwa zweihundert Meter davon entfernt entdeckten sie eine Lidl-Filiale. Der deutsche Lebensmittelkonzern wie auch ein Ableger der Burgerkette McDonald's hatten das Terrain bereits erobert.

Aber der Platz war günstig gelegen – der See vor der Tür und Wälder ringsherum. Hier wollten sie fürs Erste bleiben. Die nächsten beiden Tage regnete es jedoch unablässig, so dass das Paar es vorzog, es sich lieber im Wohnmobil gemütlich zu machen statt draußen etwas zu unternehmen.

Jeden Morgen vor dem Frühstück badeten sie im See. Der prasselnde Regen störte sie dabei nicht, im Gegenteil. Sie fanden es vollkommen – das kühlende Bad im Wasser und eine warme Dusche vom Himmel dazu.

Wieder im Trockenen malte Anne ihre vorgezeichneten Bilder fertig, strikte an einem Pullover oder las in dem Buch *Ein gutes Leben* von Scott und Helen Nearing. Auf einen Fernseher hatten sie bewusst verzichtet. Sie wollten weder schlechte Nachrichten noch TV-Unterhaltung in ihrer *Hütte*.

Jona kaufte in der Stadt ein und bereitete meistens das Essen. Gelegentlich schaltete er das Handy ein, um nach eingegangenen Emails und Wohnungsangeboten in Husum zu sehen.

Während draußen immer wieder Schauer niedergingen, bot Emma dem Paar drinnen Wärme und Schutz. Die beiden nahmen ihre Mahlzeiten am Fensterplatz ein und schauten den dicken Regentropfen zu, die beständig an der Scheibe herunterliefen. Auf dem Vänern sahen sie Boote, auf denen Angler dem Regen trotzten, und einen Seeadler, der am Himmel seine Kreise zog. Über allem lag eine wunderbare Stimmung, die an ein impressionistisches Gemälde erinnerte.

So bescheiden der Raum, den Emma ihnen bot, auch war, sie fühlten sich in ihm behaglich und geborgen. Auch an die einfachen und engen Schlafkojen hatten sie sich gewöhnt. Bereits nach wenigen Reisetagen fanden sie in ihnen regelmäßig tiefen, erholsamen Schlaf. Mit Emma waren sie inzwischen sehr vertraut und fühlten sich in ihrem engen Raum sehr wohl.

Als der Regen sich verzogen hatte und die Sonne wieder schien, verspürten die beiden den Drang nach Bewegung und machten sich mit ihren Rädern und etwas Proviant auf Entdeckungstour. Ihre Fahrt führte sie entlang des Seeufers, über befestigte Waldwege und zu Sehenswürdigkeiten in der Stadt. Es gefiel ihnen hier. Die Stadt war klein und überschaubar, die Natur groß, abwechselungsreich und phantastisch. Sie sahen keinen Grund, schon nach wenigen Tagen wieder aufzubrechen. Die

Region bot ihnen so viel von all dem, das für sie das typische Schweden ausmachte und das sie suchten.

Jeden Tag waren Anne und Jona draußen unterwegs und kehrten oft erst abends zum Wohnmobil zurück. Wenn Jona von einem gemieteten Boot aus auf dem See angelte, unternahm Anne gern eine Radtour oder einen Bummel durch Kristinehamn.

Stets kehrte Jona vom See mit einem Fisch zurück – mal mit einem Lachs, dann mit einer Meerforelle oder einem Zander. Mehr als drei Fische pro Person und Tag waren nicht erlaubt. Jona begnügte sich mit einem Exemplar. Wenn es ein großer Fisch war, reichte der ohnehin für mehrere Tage.

Alle Camper angelten auf dem Vänern und zeigten stolz ihre Trophäen. Abends waberten Grill-, Brat- oder Räucherdüfte apetittlich über den Platz und versprachen köstliche Mahle. Jona briet seinen Fisch in der Pfanne und servierte ihn mit Reis und Schmorgemüse. Nie zuvor hatten sie so köstlichen frischen Fisch gegessen, darin waren sich beide einig. Manchmal aßen sie den Fisch direkt aus der Pfanne, nur mit etwas Brot dazu. Ihr Favorit war Meerforelle, gefolgt vom Zander.

Jona war auch leidenschaftlicher Pilzsammler und der Herbst seine liebste Jahreszeit, nicht nur wegen der Pilze. Hier in Schweden hoffte er auf reiche Funde, zumal es ausgiebig geregnet hatte.

Anne spazierte gern in lichten Wäldern – in jeder Jahreszeit. Aber eine Pilzsammlerin war sie nicht. Eigentlich mochte sie außer Pfifferlingen und Champignons gar keine Pilze. Aber sie begleitete Jona auf seinen Waldtouren. Während er nach pilzträchtigem Terrain abseits der Wege suchte, spazierte sie auf den Waldpfaden in seiner Nähe und genoss es, langsam durch die Natur zu streifen und ihr nachzuspüren.

In einem Moment, in dem sie ganz in sich versunken war, trat plötzlich in einiger Entfernung vor ihr ein junger Elch aus dem Wald, blieb stehen und schaute sie an. Beide verharrten still und bewegungslos. Anne wagte nicht zu atmen, hielt die Luft an, wollte diese glückliche Begegnung so lange wie möglich auskosten. Sie spürte, wie sich in ihrem Gesicht ein Lächeln ausbreitete. Dann entschwand das Tier gemächlichen Schrittes, genauso plötzlich wie es erschienen war. Was für ein wunderbarer Augenblick, den ich erleben durfte, dachte Anne.

Nach einer Weile traf Jona auf dem Waldpfad wieder mit ihr zusammen und zeigte stolz seinen Korb voller Pilze.

Schau mal, was für Exemplare ich gefunden habe, strahlte er sie an.

Alles gesunde, schöne Pilze, wie ich sie bei uns nur selten finde. Auch viele Pfifferlinge sind darunter. Es gibt in diesem Waldstück wirklich Unmengen davon. Macht richtig Spaß, hier zu sammeln!

Ich hab auch mein Erlebnis gehabt. Du errätst nicht, sagte Anne und betonte *w a s ich gesehen habe.*

Etwa einen Elch?, fragte Jona leicht dahin, ohne an diese Möglichkeit ernsthaft zu denken.

Ja, wirklich! Ich sah einen Elch! Es war magisch und unglaublich! Wir haben uns angesehen, ganz lange, keiner hat sich gerührt, erzählte Anne begeistert. *Und dann war er plötzlich weg. Aber es war eine so wunderbare Begegnung.*

Jetzt glaubte es Jona und bedauerte, das Tier nicht selbst gesehen zu haben. Seine Pilzernte verblasste angesichts dessen, was seiner Frau widerfahren war. Doch er sah, wie glücklich sie das Erlebnis machte und freute sich mit ihr darüber. Vielleicht würden sie ja zusammen noch mal einen Elch sehen, dachte und hoffte er.

Wieder bei Emma auf dem Platz säuberte Jona die Pilze und dünstete für Anne eine Portion Pfifferlinge und für sich ein paar Steinpilze, dazu gab es in Butter gebratene Filetstücke vom Zander.

Sie saßen draußen neben ihrem Wohnmobil und schauten auf den See, über dessen Horizont die Sonne langsam unterging. Das Essen schmeckte ihnen wunderbar, sie hatten einen schönen Tag im Wald verbracht und waren entschlossen, noch länger an diesem herrlichen Ort zu bleiben. Sie waren jetzt fast den ganzen Tag draußen, atmeten frische Luft, hatten viel Bewegung und aßen ausgezeichnetes Essen. Sie fühlten sich königlich und waren sich darin einig, dass es nur wenig bedurfte, um glücklich zu sein.

Am Tag darauf fuhren sie wieder in den Wald, genau an die Stelle, an der Anne gestern den Elch gesehen hatte. Jona glaubte, dass sie ihm hier vielleicht noch mal begegnen würden. Denn es hieß, diese Tiere würden einem Revier, das sie besetzt hatten, treu bleiben. Aber sie sahen nur Eichhörnchen, einen Baummarder, Spechte und andere Vögel.

In Lichtungen und am Waldrand breiteten sich hier in unglaublicher Fülle Büsche aus, an denen Unmengen an Früchte reiften – Blaubeeren, Himbeeren, Walderdbeeren, Preiselbeeren und Brombeeren. Offenbar besaß die Region das richtige Klima und geeignete Böden für ihr optimales Wachstum. In kurzer Zeit hatten Anne und Jona ihren Korb mit Früchten gefüllt. Sie freuten sich auf einen Beerenkompott mit Milchreis, denn in den letzten Tagen dominierten Fisch- und Pilzgerichte ihre Speiseplan.

Manchmal fuhr Jona ganz früh am Morgen mit dem gemieteten Boot auf den See hinaus, um zu angeln. Er liebte die stillen, stimmungsvollen Momente auf dem Wasser, wenn die Natur langsam erwachte. Er wusste von der harten täglichen Arbeit der Binnenfischer, dennoch beneidete er sie um ihre enge Verbundenheit mit der Welt draußen auf den Seen.

Anne wollte nie mit auf das Boot, nicht einmal zu einer kleinen angelfreien Tour auf dem Vänern. Es war ihr zu unsicher. Aber das Angebot, eine Fahrt auf dem Nachbau eines großen Segelschiffes durch den Schärengarten zu machen, nahm sie überraschend an.

Der Segler glich einem Piratenschiff und sein Kapitän einem alten Seebären, nur die mitfahrenden Gäste in ihrem neuzeitlichen Gewand schienen deplaziert. Der mehrstündige Segeltörn auf dem Väneren vorbei an Felskuppen, die aus dem Wasser ragten, wurde zu einem kleinen Abenteuer, denn der Wind frischte plötzlich auf und blies mächtig in die Segel. Er peitschte das Wasser über die Reling und machte alle ziemlich nass.

Nach zehntägigem Aufenthalt in Kristinehamn wollten Anne und Jona in Richtung Norwegen aufbrechen. Vorher besuchten sie noch den nur einmal im Monat stattfindenden Markt im Zentrum der Stadt. Hier deckten sie sich für die lange Fahrt mit regionalen Produkten ein, kauften Honig, Käse, Brot, Eier und Räucherfisch.

Ehe sie losfuhren saßen sie noch bei einer Mittagsmahlzeit zusammen und tranken eine letzte Tasse Kaffee.

Anne, ich hab mir etwas überlegt, sagte Jona. *Unsere Idee war ja, an der norwegischen Küste ein Stück weit nach Norden zu fahren. Aber mit dem Wohnmobil möchte ich eigentlich nicht auf Gebirgsstraßen fahren. Wie wäre es, wenn wir von Oslo mit der Bahn nach Bergen fahren und dort mit dem Postschiff entlang der Küste nach Trondheim reisen – und zurück wieder mit der Bahn?*

Jona, das hast du dir nicht erst eben überlegt. Das war bestimmt von Anfang an dein Plan. Du weißt, dass das mein Traum ist. Aber du hast es immer abgelehnt. Und nun kommst du damit an! Aber egal, ich finde das eine super gute Idee – wir machen das!

Anne klatschte vor Freude in beide Hände, umarmte und küsste Jona und sagte: *Danke, meiner lieber Mann, dass du mit mir auf dem Postschiff fahren willst.*

Die klassische Schiffsreise entlang der norwegischen Küste mit der Hurtigruten Postlinie dauerte normalerweise elf Tage. Solange auf einem Schiff zu sein, konnte sich Jona nicht vorstellen. Außerdem kostete so eine Reise ein kleines Vermögen, und die Anfahrt von Husum zum Ablegehafen in Norwegen und zurück war umständlich und langwierig. Doch nun lag Norwegen vor ihnen und die Reise mit dem Schiff würde nur drei Tage dauern. Die Umstände lagen jetzt so, dass Jona der Reise zustimmen konnte.

Von Kristinehamn bis nach Oslo waren es noch gut 250 Kilometer. Diese Strecke wollten sie ohne größere Aufenthalte an einem Tag bewältigen. Die Straße führte durch riesige Waldgebiete. Überall sahen sie Elch-Warnschilder, aber keines dieser Tiere kreuzte ihren Weg. Sie waren eher froh darüber; bei einem Waldspaziergang wären sie ihnen allerdings gern noch mal begegnet.

Die Strecke bot wenig Abwechslung. Die Region war dünn besiedelt, und nur hin und wieder kamen sie durch kleine Ortschaften, ehe sie die Grenze zu Norwegen passierten.

Juhu, wir sind in Norwegen. Ich freue mich so auf die Schiffsreise, frohlockte Anne als Emma ins Nachbarland rollte.

Am späten Nachmittag kamen sie in Oslo an und fanden am Jachthafen einen Stellplatz. Jona atmete tief durch. Emma hatte es bis hierher geschafft, ohne Probleme zu bereiten. Er klopfte auf ihr Lenkrad und bedankte sich bei der Reisegefährtin für ihre Zuverlässigkeit. Sie waren nun gut fünf Wochen mit ihr unterwegs. Jetzt durfte sie ein paar Tage ausruhen. Die Stellplatzgebühr zahlten sie im voraus. Der Platzwart würde in ihrer Abwesenheit ein Auge auf Emma werfen.

Über ihr Handy hatten sie am Tag zuvor die Schiffspassage und die Bahnfahrt gebucht. Die Nacht verbrachte das Paar noch im Wohnmobil mit herrlichem Ausblick auf den Oslofjord. Am nächsten Morgen bestiegen Anne und Jona mit kleinem Gepäck den Zug nach Bergen. In bequemen Sitzpolstern genossen sie entspannt die wunderschöne Landschaft, die vor ihren Augen vorbeizog.

Am Nachmittag fuhr ihr Zug in den Bahnhof von Bergen ein. Erst am späten Abend würde ihr Schiff, die *MS Finnmarken*, ablegen, so dass sie noch genügend Zeit hatten, die historische Altstadt zu besuchen und ein Abendessen einzunehmen.

Lange vor der angegebenen Abfahrtszeit wartete das Paar bereits am Hafen, um die Einfahrt der *MS Finnmarken* zu erleben. Die Sonne versank langsam am Horizont über dem Meer und malte orange-rote Pastellfarben in den Himmel.

Und dann erschien sie, die luxuriöseste Vertreterin der Hurtigruten, die schon alle Weltmeere gekreuzt hatte und nun voll erleuchtet langsam in den Hafen einfuhr. Für das Paar war das ein bewegender Moment, hatten sie doch noch nie zuvor ein so gigantisches Schiff gesehen. Gleich würden Anne und Jona als Passagiere an Bord willkommen geheißen werden. Gespannt und in freudiger Erwartung stiegen sie ein in ihren Traum.

Auf Luxus legten beide keinen Wert, deshalb hatten sie eine einfache fensterlose Innenkabine mit Bad und Dusche gewählt. Sie würden sie ohnehin nur zum Schlafen aufsuchen und die übrige Zeit an Deck sein, um die Aussicht auf die Küste zu genießen und das Schiff kennenzulernen. Es fasste tausend Passagiere und besaß große Transportkapazitäten für Frachtgut und Fahrzeuge. Ohne die Schiffe der Hurtigruten wären die schwer zugänglichen Küstenorte kaum zu versorgen. Den Großteil der Passagiere machten Seniorenpaare aus, die die klassische Postschiffsreise bis zur Endstation in Kirkenes gebucht hatten.

Als das Schiff ablegte und Anne und Jona sich auf bescheidenen acht Quadratmetern in ihrer Kabine eingerichtet hatten, legte sich allmählich ihre Aufregung. Wenig später blickten sie draußen an Deck auf die norwegische Küste, wo sie zwischen hohen Felsformationen nur noch bunte Lichtpunkte sahen. Die Sonne war inzwischen untergegangen, doch der Himmel behielt ein fahles Licht, das sich im Meer spiegelte und die Nacht nicht gänzlich dunkel werden ließ.

Anne und Jona standen Hand in Hand schweigend an der Reling. Sie waren von dem, was sie sahen, fasziniert und wollten diese Eindrücke tief in sich aufnehmen. Lange blieben sie an Deck, bis es ihnen zu dunkel und zu kühl wurde. Es wäre sinnlos gewesen, jetzt ihre Kabine aufzusuchen. Das Erlebte hielt sie noch so wach, dass sie einen Platz drinnen vor den großen Panoramascheiben am Bug des Schiffes aufsuchten, um von hier aus die Fahrt weiter zu verfolgen.

Erst weit nach Mitternacht nahmen sie ihr Bett in Anspruch. Die Kabine hatte etwa die Maße ihres Wohnmobils und den Charme einer schlichten Pensionsunterkunft. Nichts von der Behaglichkeit, die Emma ihnen bot, war hier vorhanden.

Aber zum Schlafen und Ausruhen genügte ihnen die kleine Kammer.

Das Paar schlief nach dem aufregenden Tag so fest, dass es von den nächtlichen Zwischenstopps in zwei Küstenstädten nichts mitbekam. Am nächsten Tag steuerte das Schiff weitere Häfen und als Höhepunkt den Hjørundfjord an, der als schönster Fjord Norwegens gilt. Er erstreckt sich 35 km tief in die majestätischen Berge der Sunnmøre-Alpen und wartet mit imposanten Felswänden, grünen Wiesen und hoch gelegenen, einsamen Bauernhöfen auf.

In langsamer Fahrt glitt das große Schiff durch die Schluchten und wirkte vor der gigantischen Felskulisse wie ein Spielzeugboot. Die ersten Kilometer begleitete noch Sonnenschein die *MS Finnmarken*. Dann schlug das Wetter um. Der Himmel schickte kurze Regenschauer und spannte einen wundervollen Regenbogen über die Landschaft.

Fast alle Passagiere, die sich auf dem Deck aufhielten, versuchten, die Szenerie mit Handy oder einer Kamera festzuhalten. Anne und Jona gehörten zu den Wenigen, die darauf verzichteten und ehrfürchtig und still den Anblick der überwältigenden Natur genossen. Bei der langen Ausfahrt aus dem Fjord schien wieder die Sonne und trocknete die Kleider der Reisenden, die im Regen an Deck ausgeharrt hatten.

Was für eine einzigartige, schöne Welt ist dies doch. Ich hatte davon geträumt, mit dir einmal hierher zu kommen. Aber geglaubt habe ich daran nicht mehr. Und jetzt sind wir hier – es ist phantastisch!, begeisterte sich Anne.

Jona, es war eine unserer besten Ideen, diese Schiffsreise zu unternehmen.

Jona sagte nichts. Er legte seinen Arm um Annes Schulter und lächelte.

Das schöne Wetter hielt sich bis zum Ende des Tages. Auf das Dreigängemenü am Abend verzichtete das Paar. Der Preis von 266 € war ihm entschieden zu teuer. Es begnügte sich stattdessen mit einem Imbiss und suchte sich wieder einen der begehrten Plätze im Panoramasaal am obersten Deck.

Anne schrieb Ansichtskarten an ihre Freundinnen aus dem Chor. Eine Karte, die das prachtvolle Schiff abbildete, adressierten sie an ihren Postboten Willi Jaschke. Da sie dessen Anschrift nicht kannten, gaben sie ihre Straße ohne Hausnummer an. Schließlich schrieben sie noch eine vierte Karte an ihre eigene Adresse mit nur einer Zeile: *Hej, wir waren hier!* Die Vorstellung, bei ihrer Ankunft zu Hause oder auch erst Tage später mit einem selbst verfassten Gruß an ihre Schiffsreise erinnert zu werden, gefiel ihnen. Außerdem würde die Karte mit einem echten Schiffspoststempel versehen sein. Dann vertrauten sie einem an Bord befindlichen roten Briefkasten ihre Post an und suchten müde von einem langen, ereignisreichen Tag ihre Kabine auf, um ins Bett zu gehen.

Insgesamt machte die *MS Finnmarken* sechs Zwischenstationen bis Trondheim und lief am dritten Tag ihrer Reise vormittags im Zielhafen ein.

Anne und Jona verließen das Schiff in der Gewissenheit, eine kurze, aber wunderschöne Reise erlebt zu haben, die sie niemals bereuen und tief im Herzen bewahren würden.

Am frühen Nachmittag bestiegen sie den Zug in Trondheim und erreichten am Abend Oslo. Als ein Taxi sie am Wohnmobilstellplatz absetzte und sie Emma an ihrem Standort wohlbehalten vorfanden, freuten sie sich auf ihr kleines beschützendes Zuhause und auf ihre kuscheligen Schlafkojen. Jona machte mit Emma noch einen Startversuch und überprüfte die Strom- und Gasversorgung. Alles funktionierte noch. Offenbar hatten sie mit dem Wohnmobil einen guten Kauf gemacht.

Die norwegische Hauptstadt wollten sie sich nicht anschauen. Sie war ihnen zu groß und unpersönlich. Sie interessierten sich vor allem für die Schätze der großen norwegischen Natur, mit denen das Land so reich gesegnet war.

Am nächsten Tag reisten sie dicht an der südnorwegischen Küste entlang Richtung Kristiansand. Von dort sollte sie die Fähre nach Dänemark übersetzen. Auf dem Weg dorthin besuchten sie zwei malerisch auf Schäreninseln gelegene Kleinstädte. In Risør, eine der besterhaltenen Holzhaus-siedlungen aus dem 19. Jahrhundert, schlenderten sie durch die verträumten Gassen, bestellten sich in einer Bäckerei Zimtschnecken und Kaffee und schauten dem Treiben im beschaulichen Hafen zu.

Über mehrere kleine Brücken erreichten sie Brekkestø, einen autofreien Flecken wie aus dem Bilderbuch mit zahlreichen weißen und bunten Holzhäusern, alten Kaufmannsläden und kleinen Handwerksbetrieben, eingebettet in eine traumhaft schöne Schärenlandschaft.

Nach einer Nacht auf einem einfachen, aber schön gelegenen Naturparkplatz gelangten sie am nächsten Tag nach Kristiansand. Nach gut dreistündiger Überfahrt legte ihre Fähre in Dänemark an.

Nicht weit entfernt von ihrem Ankunftsort Hirthals lag Skagen, die nördlichste Stadt des Landes, der Ort, den einst viele skandinavische Maler zu ihrem Sommerrefugium gewählt und ihn weltberühmt gemacht hatten. Unter freiem Himmel porträtierten sie in unzähligen, große Werken das Leben der Menschen an diesem Platz, dessen besonderen Lichtverhältnisse sie schätzten.

In Skagen wollten sie noch einen letzten Tag und eine Nacht verbringen, ehe sie in direkter Fahrt nach Hause zurückkehren würden. Sie fanden einen schönen Stellplatz an einer flach auslaufenden Landspitze direkt am Meer, wo Kattegat und Skagerrak zusammenflossen. Sie radelten in die

Stadt und spazierten durch hübsche Viertel mit kleinen, ocker verputzten Häusern mit roten Ziegeldächern, kauften in einer Bäckerei ein großes Stück Wienerbrød und verspeisten es genüsslich vor der Kulisse des Fischereihafens, dessen Atmosphäre sie magisch anzog.

Während Anne einige Motive auf ihrem Malblock skizzierte, spazierte Jona über das weitläufige Hafengelände und betrachtete Fischer, Boote und Anlagen mit der ihm eigenen Neugier für besondere Details. Dann kaufte er noch frischen Räucherfisch. Der würde ihr Abendessen krönen, dachte Jona.

Der Besuch des Museums mit seiner großartigen Bilderausstellung und ein abendlicher Spaziergang am weiten Sandstrand bildete den Schlusspunkt ihrer langen Reise.

Am späten Nachmittag des nächsten Tages sahen sie Husum wieder und parkten Emma in ihrer Straße, von der sie vor über sechs Wochen aufgebrochen waren. Es war nun Mitte September, und der Herbst stand vor der Tür.

5

Es war ein sonderbares Gefühl, wieder in der Wohnung zu sein und Emma allein in einer Ecke des Betriebsgeländes der Gartenbaufirma zu wissen. Ihr Wohnmobil hatte sie so lange zuverlässig begleitet, es hatte ihnen die Reise überhaupt erst ermöglicht. In ihm hatten sich beide zu Hause gefühlt.

Ihre Wohnung kam ihnen nun eigentümlich fremd vor. Wenn sie früher von einwöchigen Urlaubsaufenthalten in ihre vier Wände zurückgekehrt waren, stellte sich die Vertrautheit mit ihrer Wohnung unmittelbar wieder ein, und ihre Ferienunterkunft geriet schnell ins Vergessen. Aber jetzt war es anders. Sie fühlten sich mit Emma verbunden und mussten oft an sie und an die erlebnisreichen Wochen mit ihr denken. Mit ihr unterwegs zu sein hatte sich so gut angefühlt.

Was sollte nun mit Emma geschehen? Diese Frage, vor allem aber auch die Wohnungsfrage, standen an und bedurften einer baldigen Entscheidung.

Anne hätte diese Klärung am liebsten ganz weit weg geschoben und sich anderen, erfreulicheren Dingen zugewandt. Doch Jona wollte das leidige

Wohnungsthema nun entschlossen angehen. Er hatte schon etliche Häuser als Pappmodelle gebaut, ein richtiges Haus, wenn auch nur ein Minihaus, für sich und Anne zu entwerfen, darin sah er nicht nur eine spielerische Aufgabe, sondern die Lösung ihres Problems. Die Idee gewann in seinem Kopf immer deutlichere Konturen, und so suchte er im Internet oft nach *Tiny Homes* und nach Grundrissen, die zu ihren Erfordernissen passten. Doch noch wollte er Anne mit dem Thema nicht bedrängen.

Es klingelte an ihrer Haustür. Tante Hilde überbrachte einen selbst gebackenen Kuchen.

Ich hab ja mitbekommen, dass ihr wieder da seid. Aber ich wollte ein paar Tage warten, damit ihr in Ruhe zu Hause ankommen könnt. Aber heute gibt es frischen Apfelkuchen für euch. Damit möchte ich mich bedanken, dass ihr auf eurer Reise an mich gedacht habt. Vielleicht erzählt ihr mir bei Gelegenheit mal von davon.

Anne, die ihr geöffnet hatte, dankte Hilde für die freundliche Aufmerksamkeit und bat sie und Polly in die Wohnung. Hilde wollte nicht stören, aber schließlich trat sie.

Am Küchentisch berichteten Anne und Jona von ihren Erlebnissen, erzählten vom Elch, der ihnen über den Weg gelaufen war, von ihrer Schiffsreise und den großen Brücken, die sie überquert hatten.

Als Hilde und Polly gegangen waren, aßen sie noch ein Stück von dem saftigen Kuchen. Hilde hatte das Paar erzählend wieder auf die Reise geschickt, die in seinen Gedanken und Träumen immer noch sehr präsent war.

Was denkst du, Jona? Wollen wir im nächsten Jahr wieder so eine schöne Reise unternehmen? Wir müssten Emma dann noch nicht verkaufen.

Du weißt, dass uns im kommenden Jahr einiges bevorsteht. Eigentlich können wir gar keine Pläne machen, ehe nicht klar ist, ob und wo wir eine neue Bleibe finden. Wir sollten sehen, was sich ergibt, antwortete Jona und fügte nach einer Pause hinzu: *Eine kleinere Reise wird schon machbar sein. Aber dafür Emma den ganzen Winter über behalten – das macht wohl keinen Sinn.*

Emma und die Wohnung umkreisten nun immer mehr ihre Gedanken, und so sprachen sie oft über ihre Möglichkeiten, auch in finanzieller Hinsicht. Letzlich entschieden sie aber noch nichts, zumal ihre häusliche Zukunft völlig ungewiss war. Die Zeit würde ihre Fragen klären, hofften sie.

Ich hab Post für euch!, hörten sie Willi von der Straße rufen, als sie gerade wieder auf ihrem Balkon frühstückten.

Jona empfing ihn an der Haustür und fragte ihn, ob er Zeit und Lust auf eine Tasse Kaffee hätte. Hatte er, und es war das erste Mal, dass er zu ihnen auf den Balkon kam. Er überreichte den beiden schmunzelnd eine Ansichtskarte und zog eine weitere aus seiner Tasche hervor.

Eine für euch, und eine für mich! War lange unterwegs, ist halt die norwegische Post. Wir sind da schneller, lachte Willi und nahm einen Schluck Kaffee.

Das ist ja fast drei Wochen her, dass wir die Karten abgeschickt haben. Hatte ich gar nicht mehr dran gedacht, sagte Jona und zeigte Anne die Karte mit der *MS Finnmarken* auf der Vorderseite. *Schau mal, so ein schöner Schiffsstempel.*

Jetzt haben wir ein schönes Andenken, freute sich Anne. *Unser einziges Foto von der Reise. Willi, die Schiffsreise war traumhaft. Wäre das nicht auch was für dich und deine Frau?*

Da müssten wir wohl lange für sparen. Aber Lust hätte ich schon. Was macht ihr denn mit eurem Wohnmobil, nun, wo ihr wieder zu Hause seid?, fragte Willi.

Wahrscheinlich verkaufen oder doch noch behalten und im nächsten Frühjahr wieder eine Reise mit ihm unterneh-men, antwortete Jona.

Ein paar Tage später meldete sich Kees am Telefon. Mit den Holländern hatten sie gar nicht mehr gerechnet. Kees und Mareike waren auf ihrer Rückreise nach Holland noch in Dänemark unterwegs und wollten Anne und Jona gern besuchen.

Am nächsten Tag saßen die Vier in einem Café am Husumer Hafen und freuten sich über ihr Wiedersehen und über den unerwartet warmen und sonnigen Oktobernachmittag. Kees und Mareike hatten es bis zum Polarkreis geschafft und dort überraschend Bekanntschaft mit dem frühen norwegischen Winter gemacht. Aber sie waren dennoch begeistert von ihrer dreimonatigen Tour durch Skandinavien.

Bei euch ist es so flach wie bei uns in den Niederlanden. Stimmt es, dass meine Landsleute für euch die Deiche gebaut haben?, fragte Kees.

Nicht nur die Deiche. Auch Friedrichstadt, hier ganz in der Nähe, wurde von Holländern errichtet. Die wurden bei euch fortgejagt und ließen sich in ihrer Not hier nieder, erwiderte Jona.

Heute sind wir aber eines der tolerantesten Völker, und lassen auch Nordfriesen ins Land. Wollt ihr uns nächstes Jahr nicht mal besuchen kommen?, fragte Mareike, die wie ihr Mann die deutsche Sprache ziemlich gut beherrschte.

Das holländische Paar blieb ein paar Tage und unternahm mit Anne und Jona Ausflüge nach St. Peter-Ording und nach Friedrichstadt. Allein machten Kees und Mareike noch einen Tagesbesuch auf die Insel Amrum. Beim Abschied von den Nielsens drückten sie ihre Hoffnung aus, dass sie sich wiedersehen würden.

Kees und Mareike waren jedes Jahr insgesamt mehrere Monate mit ihrem Wohnmobil unterwegs. Anne beneidete die beiden. Gern würde sie mit Jona deren Beispiel folgen. Im Gegensatz zu ihrem Mann reiste sie schon immer gern. Aber jetzt, durch die Erfahrung mit Emma, war sie mit dem

Wohnmobilvirus regelrecht infiziert. Am liebsten wäre sie gar nicht mehr zurückgekehrt in ihr altes Mieterleben, das so geradlinig und ereignislos verlief. Andererseits war sie aber auch froh, den Winter über nicht in einem Wohnmobil ausharren zu müssen.

Es wurde November. Jona hatte das Gefühl, dass ihnen die Zeit weglief. Auf dem Husumer Wohnungsmarkt fanden sie nichts, das ihren Vorstellungen auch nur annähernd entsprach. In zehn Monaten mussten sie ihre Wohnung verlassen haben, und es war kein Ersatz in Sicht. Jona wollte daher mit Anne eine grundsätzliche Entscheidung herbeiführen.

Anne, wir wollen beide nicht aus Husum wegziehen. Dann bleiben uns eigentlich nur zwei Möglichkeiten: Entweder wir lassen es darauf ankommen, dass wir doch noch rechtzeitig eine annehmbare, bezahlbare Mietwohnung finden. Falls wir die aber nicht bekommen sollten, müssten wir am Ende das akzeptieren, was zuletzt verfügbar ist, wie auch den Preis, der dafür verlangt werden würde. Das wäre mit einem ziemlichen Risiko verbunden.

Oder wir sagen: Wir wollen keine Mietwohnung, sondern bauen uns ein Minihaus, so groß oder klein, wie wir es brauchen und bezahlen können. Das würde uns gehören und niemand könnte uns vor die Tür setzen. Siehst du außer diesen noch andere Möglichkeiten?, fragte Jona.

Anne hatte längst erkannt, wohin Jona wollte. Aber er hatte Recht, fand sie. Lieber etwas Kleines, Eigenes als eine schlechte, unsichere Mietwohnung. Dass sie eine annähernd so schöne Wohnung wie ihre jetzige finden würden, daran glaubte sie nicht mehr, denn günstige Wohnungen wurden in Husum nur äußerst selten angeboten. Ein kleines Haus würde ihr schon gefallen, aber nicht eingepfercht zwischen großen Häusern. Und zu klein durfte das Häuschen auch nicht sein. Außerdem waren ihr zwei Schlafräume und für beide je ein eigener Arbeitsplatz wichtig. Könnten sie so ein Haus bauen, bezahlen und ein Grundstück finden, das sie nicht total einzwängte?

Anne tauschte ihre Gedanken mit Jona aus und fragte schließlich: *Hälst du es für realistisch, so ein Projekt in der verbleibenden Zeit mit unseren Mitteln auf die Beine zu stellen? Ich glaube, ehrlich gesagt, nicht daran.*

6

Anne hatte sich tatsächlich auf die Idee, ein *Tiny Home* zu bauen, eingelassen. Das war noch keine definitive Zustimmung, eher eine Befürwortung für den Versuch, die Möglichkeiten dafür auszutesten. Für Jona war es der entscheidende Startschuss, endlich Nägel mit Köpfen zu machen.

Er hatte bereits mehrere in Frage kommende Minihäuser ausgewählt. Aber nur ein Haus erfüllte hinsichtlich des Grundrisses annähernd Annas Bedingungen. Er hatte Bedenken, ihr diesen Entwurf frühzeitig zu zeigen, fürchtete ihre spontane Ablehnung. Denn es war ein Rundhaus, das eine normale Möblierung nicht zuließ. Aber es besaß eine kompakte Bauweise, alle notwendigen Räumlichkeiten und kurze Verbindungen zu allen Zimmern. Zudem war das Haus durch Fenster gut belichtet und äußerst sparsam im Energieverbrauch, rechnete sich Jona jedenfalls aus. Er hatte sich schon länger mit dem Objekt befasst, selbst manches kritisch hinterfragt und über Änderungen nachgedacht. Das Ergebnis seiner Überlegungen fiel positiv zugunsten dieses Hauses aus.

Doch alles wäre hinfällig, wenn Anne sich nicht dafür erwärmen könnte.

Ein Architekt aus Tschechien hatte mehrere kleine Holzhäuser entworfen und bot die dazugehörigen Baupläne im Internet zum Kauf an. Einer seiner Entwürfe zeigte jenes Rundhaus, das Jona für sich und Anne als besonders geeignet ansah, sowohl vom Zuschnitt als auch hinsichtlich der zu erwartenden Baukosten.

Als Jona wieder einmal im Internet nach Wohnungen Ausschau hielt, beugte sich Anne über seine Schulter.

Zeig mir mal deine Häuser. Du hast doch bestimmt schon welche ausgeguckt, die dir gefallen.

Das war der Moment, auf den Jona gewartet hatte. Anne fing an, sich für die Sache zu interessieren und wollte sehen, wovon ihr Mann träumte.

Ehe Jona ihr die Bilder vom Rundhaus zeigte, wollte er ihr zunächst darlegen, welche Nachteile ein Haus mit rechtwinkligem Grundriss bei sehr kleinen Abmessungen seiner Ansicht nach hatte. Er wies auf den Flächenverlust durch Raumecken hin und wollte auf weitere Gesichtspunkte eingehen, die letztlich darauf hinführten, dass ein Rundhaus ideal für sie wäre.

Aber Anne war nicht an seinem Vortrag interessiert, sie wollte jetzt erstmal das Haus sehen, das er offenbar schon ausgewählt hatte.

Das schien Jona kein guter Start in das Projekt zu werden. Er ahnte bereits ihre Ablehnung und öffnete seine abgespeicherte Bildersammlung auf dem Computerbildschirm. Anne betrachtete das Bild, das Jona groß auf den Schirm gezogen hatte – und schwieg.

Dann schaute sie ihn fragend an und sagte: *Meinst du das im Ernst – ein rundes Haus? Wieso soll es rund sein?*

Das wollte ich dir ja gerade erklären. Eine runde Form hat mehrere Vorteile …

Wenn schon – ich möchte lieber ein Haus mit geraden Wänden, am liebsten so ein Häuschen wie wir es in Karlskrona gesehen haben. Die waren hübsch und auch ganz klein, hielt Anne dagegen.

Das waren Sommerhäuser, untauglich für den Winter und für Daueraufenthalte. Das Rundhaus ist ein Ökohaus zur ganzjährigen Nutzung und für geringen Energieverbrauch konzipiert. Hätten wir einen Grundriss von den Schwedenhäusern, könntest du vergleichen und würdest sehen, dass die runde Form für uns mehr Vorteile bietet.

Jona zog ein weiteres Bild auf den Schirm des Computers. *Schau dir doch mal diesen Grundriss an.*

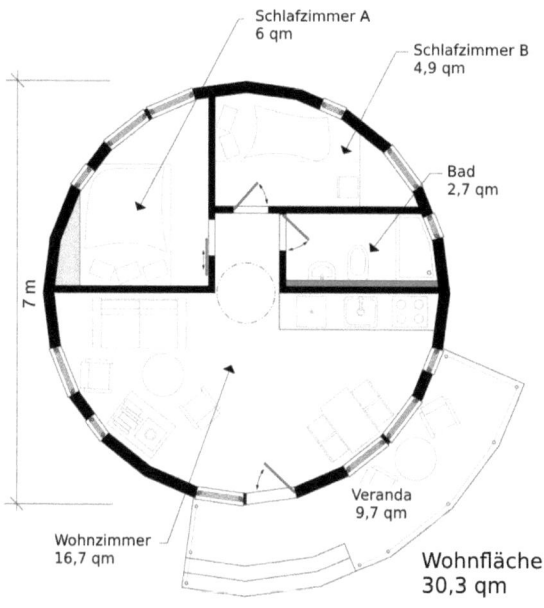

Anne sah es sich lange an und versuchte, sich die Raumgrößen und die Platzierung der Möbel vorzustellen.

Das ist doch alles viel zu eng. Für eine Person mag das ja ausreichend sein. Aber wir sind zu zweit! Da gibt es ja nicht mal Schränke. Wo sollen wir denn all unsere Sachen unterbringen?, sagte Anne kopfschüttelnd. Sie erkannte sofort die Schwachstellen des Entwurfs.

Die kleinen Schwedenhäuser mit ihren maximal 32 Quadratmetern bieten auch nicht mehr und haben wahrscheinlich einen Schlafraum unterm Dach, zu dem Treppen hinaufführen. Wir kämen ohne Treppen aus, hätten zwei Schlafzimmer und du würdest das größere bekommen.

Wie großzügig von dir, mein Lieber. Aber damit kannst du mich noch nicht in dein Minihaus locken, entgegnete Anna.

Jona zeigte noch weitere Bilder mit modellhafter Einrichtung, die einen plastischeren Eindruck der Innenräume vermittelten. Alles war hübsch arrangiert und sah einladend und gemütlich aus. Und es war alles vorhanden, was zu einer Wohnung gehörte: Eine Küchenzeile mit Tisch und Stühlen, eine Wohnzimmerecke, ein ausreichend großes Badezimmer und zwei kleine Schlafzimmer.

Anne stellte nun viele kritische Fragen, und Jona versuchte, ihre Zweifel auszuräumen.

Alles, was wir zum Leben brauchen, wird dieses Haus aufnehmen können. Wandschränke und der Platz unter den Betten bieten Stauraum. Wir würden aber nicht alles mitnehmen können, was wir besitzen. Uns zu verkleinern würde uns bestimmt guttun. Irgendwann werden wir ohnehin dazu gezwungen sein. Wir könnten schon mal anfangen, uns auf die wesentlichen Dinge, die wir wirklich brauchen, zu beschränken. Wäre das nicht ein guter, neuer Anfang,

96

Anne?, fragte Jona und lächelte ihr aufmunternd zu. Viel mehr konnte er im Moment nicht aufbieten.

Mir scheint, du hast dich schon ziemlich festgelegt, ohne nach meiner Meinung zu fragen, protestierte Anne.

Nein, ich habe mich nicht festgelegt. Es ist nur ein Vorschlag. Ob rund oder eckig, ob dieser oder ein anderer Grundriss – wir werden darüber gemeinsam entscheiden. Und auch darüber, ob wir überhaupt ein Haus bauen. Außerdem könnten wir nur bauen, wenn wir ein geeignetes Grundstück finden.

In den nächsten Tagen sprachen sie nun oft über das Thema, wogen das Für und Wider eines Minihauses und seiner möglichen Form und Größe immer wieder ab.

Ein Bauvorhaben, selbst wenn es bescheiden war, bedurfte einer langen Vorlaufzeit. Aber Zeit hatten sie nicht, denn ihr Auszugstermin lag nicht mehr allzu fern.

Anne und Jona einigten sich darauf, dass sie umgehend klären wollten, ob sich ein Minihaus realisieren ließe, zu welchen Kosten und an welchem Standort. Gleichzeitig wollten sie ihre Wohnungssuche weiter verfolgen. Wenn sie eine hübsche, passende Mietwohnung fänden, würden sie das Bauvorhaben ad acta legen.

Als Erstes suchten sie nach regionalen Unternehmen, die Holzhäuser bauten. Sie staunten, wie viele allein in Nordfriesland angesiedelt waren, auch in Flensburg und Angeln fanden sie Firmen, die jahrelange Erfahrung im Holzhausbau vorweisen konnten. Sie machten Termine und besuchten einige Anbieter. Mit dabei hatten sie zwei Entwürfe, einen mit dem Rundhaus und einen mit einem rechtwinkligen Schwedenhäuschen in etwas größerer Ausführung.

Was sie bei ihren Gesprächen erfuhren war ernüchternd. Die Auftragsbücher der Baufirmen waren für die nächsten ein bis zwei Jahre gefüllt; für ihr Häuschen war da kein Platz mehr. Anscheinend hatten die angesprochenen Firmen auch gar kein Interesse an ihrem Minihaus-Projekt. Es kam Anne und Jona so vor, als würden ihre Gesprächspartner amüsiert auf ihre Entwürfe schauen. Sie wichen nicht nur in den Maßen, bei dem Rundhaus in auch in der Form doch sehr von ihren sonstigen Bauwerken ab. Zudem war das Auftragsvolumen nicht gerade verlockend.

Lediglich ein Flensburger Unternehmen sah die Möglichkeit, das Haus bis zum Herbst des kommenden Jahres schlüsselfertig aufzustellen. Der zu erwartende Quadratmeterpreis, den der Berater nannte, erschien den beiden aber zu hoch.

Desillusioniert traten sie die Rückfahrt von ihrem letzten Firmenbesuch an. Als sie durch ein Dorf fuhren, fiel ihr Blick auf den Rohbau eines Holzhauses, das sie bei ihrer Hinfahrt nicht wahrgenommen hatten. Es besaß harmonische Linien, war klein, hellgrau gestrichen und strahlte schlichte Schönheit aus, obwohl Fenster und Türen noch fehlten. Für sie wäre es zu groß, aber es gefiel ihnen sehr. Niemand war auf dem Baugelände zu sehen, aber ein Schild verriet, welche Firma das Haus aufgestellt hatte. Holzbau Oke Bahnsen war da zu lesen. Der Firmensitz lag kaum zwanzig Kilometer von Husum entfernt. War das vielleicht ein Fingerzeig des Schicksals?

Ein paar Tage später sprachen sie in dem Betrieb vor. Oke Bahnsen empfing sie in seinem Büro. Er betrachtete die beiden Entwürfe, die das Paar ihm vorgelegt hatte. Sein Gesicht verriet weder Interesse noch Ablehnung. Dann schaute er auf und sah die beiden an.

Das sind ja winzige Häuser, Ferienhäuser sind das. Ihr solltet euch vielleicht in Dänemark umschauen. Dort baut man serienmäßig solche Häuser. Für uns ist das eigentlich nichts. Außerdem haben wir kaum noch Luft für neue Aufträge.

Aber mal grundsätzlich: Könnten Sie so ein Rundhaus bauen?, fragte Jona.

Wir können alles bauen! Aber rund ist schwierig und verteuert den Bau. Von welcher Firma habt Ihr denn den Plan? Die könnten Euch doch sowas bauen.

Aber wir würden gerne mit Ihnen bauen. Wir haben eines ihrer Häuser gesehen und waren davon sehr angetan. Wir möchten auch unbedingt einen Betrieb beauftragen, der in unserer Nähe liegt, versuchte Jona verlorenes Terrain zurückzugewinnen.

Wie ich schon sagte: Wir sind mit Aufträgen bis oben voll. Euer Haus ist zwar klein, aber eigentlich geht da auf absehbare Zeit nichts mehr, sagte Oke Bahnsen und stand auf, um sich von dem Paar zu verabschieden. *Wo wollt ihr Euer Haus denn hinstellen?,* schickte er noch beiläufig nach.

Als er hörte, dass sie noch gar keinen Bauplatz hätten, lächelte er. *Vielleicht solltet Ihr Euch erstmal um ein Grundstück kümmern. Erst dann lässt sich auch über ein Bauvorhaben reden.*

Einverstanden, Herr Bahnsen, sagte Jona schnell, um ihn wohlwollend zu stimmen. *Wir kommen wieder, wenn wir das Grundstück haben.*

Ich weiß nicht …, aber wir können ja mal schauen, antwortete der Mann in der Hoffnung, die wenig versprechende Angelegenheit von sich geschoben zu haben.

Eine Frage noch, hakte Jona nach, *wieviel würde ein Holzhaus mit dreißig Quadratmetern schlüsselfertig bei Ihnen kosten?*

Bei einfacher Ausführung rechnen wir zur Zeit mit ca. zweitausend Euro pro Quadratmeter. Rund wird's etwas teurer. Wenn Ihr für so'n kleines Haus ohne Bodenplatte auskommt, könnt Ihr noch'n paar Tausender sparen.

Der Herbstmonat neigte sich dem Ende zu. Weder bei der Wohnungssuche noch bei dem Hausprojekt

waren sie vorangekommen. Auf dem Wohnungsmarkt wurden nach wie vor nur wenige Wohnungen angeboten. Die, die ihnen gefielen, waren zu
teuer, die bezahlbaren dagegen fanden sie schrecklich. Und bei den Baufirmen hatten sie sich
Absagen geholt. Wenn sie mit der Hausidee weiter-
kommen wollten, mussten sie zunächst einen
Bauplatz vorweisen können, das war beiden inzwischen klar.

Jona hatte darüber schon länger nachgedacht.
Vielleicht sollten sie Zeitungsinserate aufgeben und
Makler für die Grundstückssuche beauftragen.
Anne stimmte zu und formulierte Suchanzeigen,
die sie bei den *Husumer Nachrichten* und den
Wochenblättern aufgaben.

Jona ging zu dem Makler, der auch nach einer
Wohnung für sie suchte, und vergab einen weiteren
Suchauftrag für ein Kleinstgrundstück.

*Einen 200 bis 300 Quadratmeter großen Baugrund
werden Sie in Husum kaum finden. Und wenn, wäre der
wahrscheinlich so teuer, dass er nur für ein Geschäftsgebäude
oder ein mehrgeschossiges Wohnhaus in Frage käme. Aber
wir versuchen es, Herr Nielsen,* machte der Makler
wenig Hoffnung.

Anne und Jona hängten Suchinserate in Super-
märkten und überall in der Stadt auf, wo Aushänge
möglich waren und man viele Adressaten erreichen
konnte. Der Text war knapp, enthielt aber alles, was
mitteilenswert war:

Ehepaar sucht 200 – 300 m² großes Baugrund-
stück für ein kleines Haus in Husum. Gern als
Teilstück eines vorhandenen Grundstücks.

Als sie auch nach mehreren Tagen keinerlei Reaktion auf ihre Inserate und Aushänge erhielten,
wurden sie rat- und mutlos. Auch vom Makler
hörten sie nichts.

Ich werde mal Harm Feddersen besuchen, der kümmert
sich um viele große Privatgärten in Husum. Vielleicht kennt
er Leute, die sich wie wir ein bisschen verkleinern wollen.
Mir fallen da auch einige Gartenbesitzer ein, deren
Obstbäume ich beschnitten habe. Werd mal bei denen anfra-
gen, sagte Jona zu seiner Frau.

Das glaube ich nicht, dass jemand von seinem Garten-
grundstück etwas abgeben will, zweifelte Anne.

Jona traf seinen früheren Chef in seinem Büro an.
Der saß vor dem Computer, bediente die Tastatur
und telefonierte gleichzeitig mit seinem Handy. Er
bat Jona, Platz zu nehmen und um etwas Geduld.

Wenn du einen Kaffee magst, schenk dir ein. Du weißt
ja, wo die Tassen stehen.

Wie geht's? Was kann ich für die tun, mein Freund?,
fragte Harm, als er sein Handy beiseite gelegt hatte.

Du kennst doch die Gartenbesitzer besser als ich. Ich
wüsste niemanden, der ein Stück von seinem Garten abgeben
möchte, sagte Harm, überrascht, von Jona zu hören,
dass er ein Baugrundstück suchte.

Du willst auf deine alten Tage noch ein Haus bauen? Meinst du das wirklich im Ernst?, fragte Harm und schaute Jona verdutzt an.

Unser Vermieter hat unsere Wohnung gekündigt. Wir brauchen zum kommenden Herbst was Neues. Am liebsten würde ich mit Anne ein kleines Haus bauen, dann kann uns niemand mehr vor die Tür setzen. Dazu brauchen wir ein passendes Grundstück.

Harm Feddersen wollte sich gern umhören und die Augen aufhalten. Er würde sich melden, wenn ihm was zu Ohren kommen sollte.

Was für Pläne hast du übrigens mit dem Wohnmobil? Im Winter macht es hier keine Probleme, aber im Frühjahr wird es auf meinem Betriebsgelände eng.

Wahrscheinlich verkaufen wir es bald. Ich muss das noch mit Anne klären, antwortete Jona.

Bevor er das Gelände verließ, schaute er nach Emma, inspizierte ihr Inneres und gab ihr noch einen freundschaftlichen Klaps auf ihre Frontpartie. Er fragte sich, ob er zusammen mit Anne noch mal eine abenteuerliche Tour mit ihr machen würde. Es tat ihm leid, das Gefährt hier so traurig und ungenutzt stehen lassen zu müssen.

Jona überlegte, in welchem Stadtgebiet er sich am liebsten mit Anne niederlassen wollte, wenn sie schon nicht in ihrer Straße bleiben konnten. Er dachte er in erster Linie an Rödemis, den südlich gelegenen Stadtteil. Er ähnelte eher einem Dorf.

Dort gab es kleine Straßen, schöne Häuser und Gärten und einige öffentliche Grünflächen.

An drei größere Privatgärten erinnerte er sich. Er hatte in ihnen mehrfach Obstbäume beschnitten und kannte deren Besitzer gut.

Als er bei der ersten Adresse klingelte, öffnete ein Mann, der ihm unbekannt war. Wie sich herausstellte, war inzwischen der Sohn des Besitzers mit seiner Familie hier eingezogen. Dessen Eltern waren mit dem Haus und dem Garten zuletzt überfordert und hatten es vorgezogen, in ein Seniorenheim umzuziehen.

Bei der nächsten Adresse traf er auf Maren Johannsen. Sie erinnerte sich gleich an Jona, freute sich über sein unerwartetes Erscheinen und bat ihn herein. Auch in ihrem Leben war Entscheidendes passiert. Ihr Mann war verstorben. Sie lebte nun allein in dem Haus. Ab und zu kam ihre Tochter Silke vorbei und half ihr im Haus und im Garten. Jona mochte die gutmütige alte Dame.

Als er ihr sein Anliegen unterbreitete, wusste sie erst nicht, was sie darauf antworten sollte.

Ach Herr Nielsen, dass kann ich mir gar nicht vorstellen, ein Stück von meinem geliebten Garten abzugeben, antwortete sie schließlich nach einer Denkpause.

Es gibt doch überall Grundstücke, die man bebauen kann. Warum wollen Sie denn ausgerechnet meinen Garten? Das würde auch meinen schönen Obstbäumen nicht gefallen, die Sie so gut gepflegt haben.

Frau Johannsen, ihr Garten ist groß und einer der wenigen in Rödemis, der von zwei Straßen begrenzt ist. Nur in solch einem Fall würde eine Bebauung am anderen Ende des Gartens genehmigt werden — wegen der vorhandenen Zufahrtmöglichkeit. Mir ginge es auch nur um ein ganz kleines Grundstück, 200 bis 300 Quadratmeter groß, versuchte Jona der Frau, die wohl über achtzig war, so einfühlsam wie möglich zu erklären. Immerhin bedeutete das, was ihm vorschwebte, einen erheblichen Eingriff in deren Garten und Privatsphäre.

Herr Nielsen, worum sie mich da bitten, erscheint mir keine gute Idee. Die kommt auch so plötzlich für mich. Es tut mir leid, aber das wird wohl nichts, bedauerte Frau Johannsen.

Ich lass Ihnen aber sicherheitshalber meine Telefonnummer da. Vielleicht überlegen Sie sich das ja noch. Meine Frau und mich würden sie jedenfalls sehr glücklich machen.

Etwas später läutete er noch bei der dritten Adresse. Eine ängstliche ältere Dame machte die Tür nur einen Spalt auf und fragte nach dem Anliegen des Besuchers. Als Jona seinen Namen nannte und daran erinnerte, dass er oft die Obstbäume in ihrem Garten beschnitten hatte, wusste sie nichts mit seinem Namen anzufangen.

Ich kenne Sie nicht. Und ich lasse auch niemanden rein, den ich nicht kenne. Bitte gehen sie weiter, sagte die Frau und schloss die Tür.

Enttäuscht fuhr Jona wieder nach Hause. Frau Martensen litt offenbar an Gedächtnisverlust, vielleicht litt sie an Demenz, sagte sich Jona. Seine Hoffnung, in Rödemis einen Platz zu finden, hatte sich an diesem Nachmittag bereits zerschlagen.

7

Anne und Jona hatten ihre Möglichkeiten erst einmal ausgereizt. Sie konnten nichts weiter tun, als abzuwarten und zu hoffen.

Beide versuchten, wieder Normalität in ihr Leben einkehren zu lassen. Anne sang im Chor, malte, strikte wollene Wintersachen für ihre Enkelkinder und traf sich ab und zu mit ihren Chorfreundinnen im Café. Jona spazierte wie jeden Tag im Schlosspark, dessen Bäume mittlerweile völlig kahl waren, fütterte die Enten, und widmete sich wieder seinen Modellbauten, die er längere Zeit vernachlässigt hatte.

Der November hatte den Husumern mehrere frostige Tage beschert. Es war grau und ungemütlich. Anne und Jona suchten an solchen Tagen gern ihr Lieblingscafé im Schlossgang auf. Wie ihnen ging es offenbar vielen Menschen. In der kalten, dunklen Jahreszeit schätzten sie Geselligkeit und einen Platz, wo es gemütlich und warm war. In der Mitte des Cafés stand ein Kachelofen, der jetzt öfter geheizt wurde.

Sie bestellten fast immer das Gleiche. Ein kurzer Blickkontakt mit dem bedienenden Personal und ein bestätigendes Nicken genügte in der Regel, um die Bestellung des Gewünschten aufzugeben. Am liebsten saßen die Nielsens an einem hinteren Fensterplatz, wo die Lautstärke im Lokal bedämpfter war.

Zum Café nahmen sie den Weg durch den Schlosspark. Als sie an der Büste von Theodor Storm vorbeikamen, blieb Anne plötzlich stehen und hielt inne. Da war doch was? Sie drehte sich zur Büste, schaute sie an und musste lachen. Auf dem Kopf des Dichters saß eine Pudelmütze und um den Hals trug er einen dicken Schal. Jona schmunzelte nur und sagte nichts.

Anne blickte ihrem Mann streng ins Gesicht.

Hast du dem etwa die Sachen verpasst?, fragte sie ungläubig.

Das würdest du mir wirklich zutrauen? Aber ich find's gut. Komm lass uns weitergehen, mir ist kalt.

Eine Antwort blieb Jona schuldig, und Anne fragte auch nicht mehr nach.

Als Jona am nächsten Morgen wieder durch den Park spazierte, sah er, wie Leute vom Bauhof gerade eine Leiter an den Sockel der Storm-Büste anlegten und dem Dichter seine gestrickten Wintersachen abnahmen.

Im Aushang der *Husumer Nachrichten* las er einen Artikel über das Vorkommnis im Schlosspark. Ein Foto zeigte das Corpus Delicti. Die Zeitung berichtete, dass der Vorfall die Stadtverwaltung, die Polizei und die Theodor-Storm-Gesellschaft beschäftigt hatten. Es war die Rede davon, dass ein Fall von Denkmal-Verschandelung vorlag und dem Täter, sofern man seiner habhaft würde, eine Ordnungsstrafe drohe. Die Zeitung widmete sich dem Thema sogar in einem Kommentar, in dem es hieß, die Stadt wäre gut beraten, die Angelegenheit mit Humor zu betrachten.

Was mit Emma geschehen sollte, war immer noch nicht geklärt.

Anne, was meinst du? Sollen wir Emma verkaufen oder sie bis zum Frühjahr behalten? Im Februar oder März, wenn bei den Leuten das Reisefieber steigt, lässt sich Emma bestimmt besser verkaufen als jetzt.

Und wenn wir noch mal eine Tour machen wollen? Vielleicht Kees und Mareike in Holland besuchen und weiter in die Normandie fahren?, schlug Anne vor.

Ich glaube, wir können so eine Reise nicht planen, solange nichts mit der Wohnung oder dem Hausbau geklärt ist. Und wahrscheinlich werden wir bis zum Frühjahr nichts klären können.

Dann wäre es wohl besser, wenn wir Emma bald verkaufen, resümierte Anna traurig.

Jona pflichtete ihr bei. Beide entschieden, im Internet eine Kleinanzeige einzustellen.

Bereits am nächsten Tag fragten mehrere Interessenten per Email an, ob sie Emma besichtigen könnten. Hatten sie das Wohnmobil mit 8.500 Euro möglicherweise zu günstig angeboten?

Sie befürchteten, dass sie sich von Emma, die ihr doch bereits ans Herz gewachsen war, schon in Kürze verabschieden müssten. Dabei waren sie darauf eigentlich noch gar nicht vorbereitet.

Sie zu verkaufen bedeutete, einen Traum aufzugeben. Beide waren auf einmal unschlüssig. Sollten sie Emma vorerst doch behalten?

Wir haben uns für den Verkauf entschieden und sollten das jetzt auch so machen, sagte Jona schließlich.

Der erste Interessent war mit seiner Frau aus Schleswig angereist, um sich Emma anzusehen. Beide waren Rentner und wollten auch das erste Mal in ihrem Leben mit einem Wohnmobil auf Reisen gehen.

Kann man bei dem Preis noch was machen?, fragte der Ehemann.

Wir haben unser Wohnmobil eigentlich viel zu günstig angeboten. Über einen höheren Preis können wir uns gern unterhalten, konterte Jona.

Das Rentnerpaar beriet sich kurz.

Wir akzeptieren den Preis und würden das Fahrzeug kaufen, wenn Sie einverstanden sind.

Mit einem so schnellen und reibungslosen Verkauf hatten Anne und Jona nicht gerechnet. Sie waren froh und traurig zugleich.

Als die beiden einige persönliche Sachen, darunter auch den roten Stoffelch, aus dem

Wohnmobil ausgeräumt hatten und Emma ein letztes Mal abschlossen, weinte Anne.

Mach's gut Emma, sagte sie zärtlich und legte zum Abschied beide Hände auf ihr blechernes Kleid. Danach stieg Anne zu Jona ins Auto und schaute nicht mehr zurück, als sie abfuhren..

Ein paar Tage später erschien das Käuferpaar mit einem großen Packen Bargeld, übernahm Schlüssel und Fahrzeugpapiere von Jona und verließ mit dem Wohnmobil das Betriebsgelände der Gartenbaufirma.

Jona sah Emma, die mit leuchtenden Rücklichtern davonrollte, lange nach. Sie entschwand seinem Blick und aus seinem Leben. Die Erinnerung an eine schöne Zeit mit ihr würde bleiben, sagte er sich.

Niemand von der Firma war anwesend. Anne war nicht mitgekommen, wollte nicht ein weiteres Mal traurig werden. Und so stand Jona allein auf dem großen Gelände. Es war kalt und ungemütlich auf dem Platz. Als Jona in sein Auto gestiegen war, verharrte er gedankenverloren hinterm Steuer und fühlte sich müde.

8

Es war die Woche vor dem ersten Advent. Jona hatte Anne mit ihrem Koffer zum Bahnhof gebracht. Sie wollte zu ihrer Tochter Dörte nach Stade reisen. Die hatte sie gebeten, sich ein bisschen um ihre Familie zu kümmern, da sie einen fünftägigen Lehrgang in Lüneburg absolvieren musste.

Um Jona sorgte sie sich nicht, schließlich hatte er lange allein gelebt und war in allen Dingen sehr selbständig.

Ich bin in gut einer Woche wieder zurück, mein Schatz. Pass gut auf dich auf. Ich ruf dich an, rief Anne ihm aus dem geöffneten Abteilfenster zu.

Wieder zu Hause brühte Jona sich einen kräftigen Oolong-Tee auf. Bei seinem Bäcker hatte er kurz angehalten und sich zwei Croissants gekauft. Es waren die besten in der ganzen Stadt. Udo Jensen backte sie noch mit richtiger Butter, während die meisten anderen billigeres Fett verwendeten. Mit einem Buttercroissant und einer heiße Tasse Kaffee vermochte Jona ein kleines Stimmungstief wieder zu heben. Kaum hatte er sich zu seinem zweiten Frühstück an den Küchentisch gesetzt, klingelte das Telefon.

Hallo, Herr Nielsen? Hier spricht Maren Johannsen, war eine brüchige Stimme zu hören. Dann trat Stille ein.

Zuerst konnte Jona den Namen, den er hörte, keiner ihm bekannten Person zuordnen. Aber dann fiel es ihm wieder ein – die Gartenbesitzerin in Rödemis.

Ja, hallo Frau Johannsen. Das ist aber eine Überraschung, dass Sie mich anrufen.

Sie fragten ja nach einem Grundstück von meinem Garten. Wissen Sie, ich habe meiner Tochter Silke darüber gesprochen und sie hat gemeint, einen weniger großen Garten zu haben, wäre in meinem Alter eine gar nicht so schlechte Idee.

Wieder trat eine längere Pause ein. Es klang nach Atemholen.

Also es ist so: Es wäre vielleicht eine Möglichkeit – und sie betonte das Wort *vielleicht. Meine Tochter und ich würden uns das, was Ihnen vorschwebt, gern mal genauer anhören. Und wir möchten Sie und Ihre Frau kennenlernen. Wäre das möglich? Aber denken Sie daran: Wir möchten die ganze Sache erstmal nur prüfen.*

Ich habe verstanden, Frau Johannsen. Sie möchten da ganz vorsichtig rangehen, und es soll unverbindlich sein. Damit bin ich natürlich einverstanden. Meine Frau ist allerdings für ein paar Tage verreist. Wenn sie wieder da ist, wollen wir sie gern einmal besuchen.

Als Jona den Hörer aufgelegt hatte, war er so aufgeregt, dass er sich nicht wieder setzen mochte.

Das war eine Nachricht, die ihn innerlich jubeln ließ. Jetzt wurde ein kleines Licht am Horizont sichtbar. Noch war nichts sicher, aber nun schien etwas möglich.

In den nächsten Tagen verzichtete Jona auf seine Spaziergänge im Schlosspark. Dafür besaß er jetzt weder Zeit noch die nötige Ruhe. Denn er beschäftigte sich mit etwas, das eilig war und überzeugen musste.

Ganz vertieft in seine Arbeit, hörte er es an der Haustür klingeln. Es war Willi Jaschke.

Hast du einen Moment Zeit, fragte er.

Für dich immer, Willi. Komm rein!

Der unerwartete Besuch galt Emma. Willi kam mit dem Vorschlag, sich an dem Wohnmobil zu beteiligen. Sie könnten es je zur Hälfte besitzen, alle Kosten teilen, und jeder könnte damit mal auf Tour gehen. Außerdem hätte er einen Platz für Emma auf seinem Grundstück.

Willi, deine Idee kommt leider zu spät. Wir haben das Fahrzeug bereits verkauft.

Das ist wirklich schade. Ich hab nicht gewusst, dass ihr euer Wohnmobil so schnell loswerden wolltet, sagte Willi etwas enttäuscht.

Weißt du, wir haben im Moment so viel zu klären in unserem Leben. Das Wohnmobil, das wir gern behalten hätten, fiel unseren Überlegungen zum Opfer. Willst du denn auch eine größere Reise machen?, fragte Jona.

114

Ich geh übernächstes Jahr in Pension. Meine Frau, der ich von eurer Tour erzählt habe, ist inzwischen auch so weit, dass sie in so'nem Wohnmobil mit mir verreisen möchte. Deshalb kamen wir auf die Idee mit dem Teilen, erklärte Willi. *Wir hätten euch `ne Karte aus der Provence geschickt.*

Anne war am Telefon und fragte Jona, ob es für ihn in Ordnung wäre, wenn sie noch zwei, drei Tage bei ihrer Tochter bleiben würde.

Ich vermisse dich, Anne. Du solltest jetzt besser zurückkommen. Vielleicht haben wir ein Grundstück in Aussicht. Die Besitzerin möchte dich kennenlernen. Eigentlich uns beide. Aber mich kennt sie ja schon.

Jona spürte am Telefon Annes Zurückhaltung, als sie seine Nachricht hörte. Wahrscheinlich machte sie sich Sorgen darüber, dass sie jetzt möglicherweise einen Schritt gingen, der kein Zurück erlaubte und beide auf den Hausbau festlegte.

Am nächsten Tag holte Jona Anne vom Bahnhof ab. Im Auto überhäufte sie ihren Mann mit Fragen.

Ich hab uns einen leckeren Eintopf gemacht, wich Jona aus. *Damit stärken wir uns erstmal zu Hause, und dann können wir über alles reden — einverstanden?*

Beim Essen erzählte Jona von Frau Johannsen und ihrer Tochter, von ihrem großen Garten und von der vagen Möglichkeit, ein Stück davon zu bekommen.

115

Wenn Frau Johannsen und ihre Tochter sich vorstellen können, uns als direkte Nachbarn vor ihrer Nase zu haben, dann könnten sie „Ja" sagen. Aber unser Hausentwurf muss ihnen auch gefallen. Aber eine Skizze wäre dafür nicht ausreichend. Deshalb, meine Liebe, habe ich in deiner Abwesenheit zwei Häuser gebaut.

Jona öffnete den Küchenschrank und holte zwei kleine Pappmodelle hervor – ein graugestrichenes Rundhaus und ein rotes Schwedenhäuschen. Er stellte beide Modelle auf den Küchentisch und schaute Anne erwartungsvoll an.

Oh, wie süß, zwei Puppenhäuser! Die sind ja zauberhaft!, rief Anne gerührt.

Wenn du vorsichtig das Dach abhebst, kannst du auch ins Innere sehen, sagte Jona stolz.

In seiner akribischen Art hatte er das Rundhaus nachgebaut, die Räume möbliert, eine Dusche statt einer Badewanne sowie einen Ofen hineingestellt.

Das Schwedenhaus hat noch keine Raumaufteilung. Die müssten wir erst noch planen.

Anne zeigte mehr Interesse am Schwedenmodell als an der runden Alternative. Jona hatte das erwartet und machte keine Anstalten, für seinen Favoriten zu werben.

Anne war bewusst, dass beide an einem Punkt angelangt waren, wo sie sich entscheiden mussten. Wollten sie wirklich ein Haus bauen, und wenn ja, für welches Modell sollten sie sich entscheiden? Alles hing aber auch noch davon ab, ob sie das

Grundstück in Rödemis oder ein anderes bekommen würden.

Lass uns erstmal die Räume im Schwedenhaus gestalten, um beide Häuser vergleichen zu können. Dann sehen wir ja, wo die Vor- und Nachteile beider Varianten liegen und können uns leichter entscheiden. Ob wir eines der Häuser bauen, hängt dann davon ab, ob wir auch das Grundstück dazu bekommen.

Jona fand Annes Vorschlag vernünftig. Er holte Papier, Beistift und Lineal und zeichnete den Umriss des Schwedenhauses. Es besaß ein Innenmaß von 7,30 mal 4,50 Meter, somit ca. 32 Quadratmeter Wohnfläche.

Wie kommst du gerade auf diese Maße?, fragte Anne.

Um auf eine vergleichbare Wohnfläche zu kommen, musste ich eine sinnvolle Länge und Breite festlegen. Dabei habe ich den Goldenen Schnitt angewendet. Wir können aber auch andere Maße nehmen. Wir haben jetzt die Größe, die die kleinen Holzhäuser von Karlskrona maximal haben dürfen. Die Innenwände schlucken noch Platz, so dass wir die Maße ohnehin noch etwas ändern müssten.

Beide brüteten den ganzen Nachmittag über den Plan. Sie skizzierten immer wieder neue Entwürfe, schoben ausgeschnittene Papierformen, die Möbel darstellten, hin und her und näherten sich einer Aufteilung, der Anna zustimmte. Sie sah aber, dass die runde Hausform im Vergleich zur rechtwinkligen bei gleicher Wohnfläche eine günstigere

Raumaufteilung zuließ. Der Architekt hatte offenbar einen gut durchdachten Plan entworfen.

Der besondere Vorteil beim Rundhaus bestand darin, dass es optimal zur Sonne ausrichtbar war. Bei einer vorgegebenen Grundstückslage und -größe wäre das mit einem rechtwinkligen Gebäude dagegen kaum möglich.

Aber alles ist doch sehr klein und eng. Was ist, wenn wir später mal auf einen Rollator oder einen Rollstuhl angewiesen sein sollten? Würden wir uns damit im Haus überhaupt bewegen können?, fragte Anne voller Skepsis.

Im Haus hätten wir nur die Hälfte von dem Platz, den wir jetzt haben. Aber er würde uns genügen. Bei Emma haben wir uns doch auch auf wenigen Quadratmetern wohl gefühlt. Die Türen im Haus können wir verbreitern und sie als Schiebetüren ausführen lassen. Überhaupt können wir Fenster, Türen und Wände so platzieren, wie es am besten passt. Durch die vielen Fenster und die Glaskuppel in der Dachmitte käme eine Menge Licht ins Haus, vielleicht sogar zu viel. Wir sollten ein paar Fenster weniger vorsehen, schlug Jona vor und war ganz in seinem Element.

Das hört sich bei dir so an, als hätten wir uns schon für das Rundhaus entschieden, warf Anne ein.

Nein, haben wir nicht. Ich wüsste aber gern, wofür du dich entscheiden würdest, erwiderte Jona.

Das war heute alles sehr anstrengend für mich. Ich möchte alles noch mal in Ruhe bedenken. Gib mir etwas Zeit.

Am nächsten Morgen machte Jona wieder seinen Spaziergang im Park, kaufte Brötchen und bereitete das Frühstück. Als Anne sich zu ihm an den Küchentisch setzte, sah er in ihr verschlafenes Gesicht.

Ich habe ganz schlecht geschlafen, bin immer wieder aufgewacht. Dein Hausprojekt hat mir keine Ruhe gelassen. Ich träumte, wir würden im Schrebergarten in Karlskrona ein kleines Schwedenhaus besitzen und darin wohnen. Aber alle um uns herum sprachen Schwedisch, und wir verstanden unsere Nachbarn nicht. Ich fragte dich, warum wir nach Schweden ausgewandert waren. Und du sagtest: Das wolltest du doch. Dann bin ich aufgewacht. Anne machte eine Pause. *Jona, ich glaube, der Traum hat mir sagen wollen, dass das Schwedenhaus keine gute Idee ist. Wir nehmen wohl besser das runde Haus und machen es ein bisschen größer.*

Anne hatte eingelenkt. Jetzt würde es vielleicht ihr gemeinsames Hausprojekt werden, hoffte Jona.

Hallo, ich bin Silke, die Tochter von Frau Johannsen, sagte die Frau, die ihnen die Tür öffnete. *Kommen Sie doch herein.*

Im Wohnzimmer, dessen großes Südfenster einen wunderbaren Ausblick in den Garten gewährte, empfing sie Frau Johannsen. Ein Tisch war eingedeckt. Blechkuchen und ein Gesteck mit Tannenzweigen und einer brennenden roten Kerze standen in seiner Mitte.

119

Sie trinken doch eine Tasse Kaffee mit uns – oder mögen Sie lieber Tee?, fragte die Gastgeberin und lud Anne und Jona ein, am Tisch Platz zu nehmen.

Frau Johannsen erzählte von ihrem verstorbenen Mann und davon, wie beschwerlich das Leben für sie geworden sei, seitdem er nicht mehr da war.

Das große Haus allein zu bewohnen, die Arbeit im Haus und im Garten. Das ist alles nicht so leicht. Wenn ich nicht meine Tochter hätte, die mir so viel hilft, wäre es schwierig, das Haus zu behalten. Deshalb haben meine Tochter und ich noch mal über ihr Angebot nachgedacht. Machen Sie sich aber bitte nicht vorschnell Hoffnung. Wir haben Sie eingeladen, um zu hören, was Sie genau vorhaben und um Sie beide näher kennenzulernen. Schließlich würden Sie ja meine Nachbarn werden, dazu gewissermaßen noch im eigenen Garten. Da will man schon genau wissen, mit wem man es zu tun hätte.

Das verstehen wir sehr gut, Frau Johannsen, sagte Anne. *Wir würden genauso vorgehen.*

Silke bat das Paar, etwas über sich zu erzählen. So berichteten beide über ihre derzeitige Lebenssituation, über den drohenden Verlust ihrer Wohnung, über ihr früheres Arbeitsleben, über ihre Hobbys und ihren Wunsch nach einem eigenen Häuschen, statt in eine kaum bezahlbare Mietwohnung zu ziehen.

Sie haben doch in ihrer großen Tasche etwas mitgebracht. Hat das mit dem Haus zu tun?, fragte Frau Johannsen. *Wenn ja, würden wir das gern mal sehen.*

120

Daraufhin zog Jona aus der mitgebrachten Tragetasche vorsichtig das Rundhausmodell hervor und stellte es auf den Tisch.

Die Gastgeberinnen schauten verblüfft darauf, blickten dann sich dann gegenseitig an und lächelten.

Oh, was für ein hübsches Häuschen, sagte Frau Johannsen, und ihre Tochter stimmte ihr enthusiastisch zu.

Das Haus besitzt einen Durchmesser von nur sieben Metern und bietet eine Wohnfläche von etwa dreißig Quadratmetern, erklärte Jona und hob das Dach ab.

Das ist aber wirklich sehr klein. Und darin wollen Sie beide tatsächlich wohnen?, fragte Frau Johannsen ungläubig.

Ich bewohne in Friedrichstadt selbst ein kleines Haus. Liebend gern würde ich in Ihr Häuschen umziehen, so gut gefällt es mir. Und für mich wäre die Größe genau richtig, schwärmte ihre Tochter.

Wir würden nur einen kleinen Streifen vom Gartenende beanspruchen. Neben dem Haus möchten wir gern einen kleinen Schuppen oder ein Carport, eventuell auch ein kleines Gewächshaus errichten, ergänzte Jona seine Vorstellungen.

Das rechteckige Grundstück besaß eine Größe von 1.080 Quadratmeter. Jona hatte es abgeschritten und schätzte seine Länge auf etwa 68 Meter und die Breite auf 16 Meter. Eine Abtrennung von 16 mal 16 Meter ergäbe ein Grundstück von 256

Quadratmeter. Das würde für das Bauvorhaben ausreichend sein und Frau Johannsen verblieben noch über achthundert Quadratmeter.

Frau Johannsen und ihre Tochter wollten alles noch mal in Ruhe bedenken.

Aber rechnen Sie auch mit einer Absage, denn Ihr Vorhaben würde ja doch einen erheblichen Eingriff in meinen Garten bedeuten. Auch manche Bäume und Sträucher würden ihm zum Opfer fallen, gab Frau Johannsen ihren Gästen zu bedenken.

Wir würden Sie beide gern zu einem Gegenbesuch einladen, unabhängig davon, wie Sie sich entscheiden, sagte Anne zum Abschied.

Was hast du für ein Gefühl, Jona?, fragte sie, als die beiden mit ihren Rädern zurück in ihre Wohnung fuhren.

Ich fand beide eher zurückhaltend bei der Frage, ob sie sich eine Grundstücksteilung vorstellen können. Ehrlich gesagt, wüsste ich nicht, wenn umgekehrt so eine Frage auf mich zukäme, wie ich entscheiden würde. Man ist ja mit seinem Garten, mit den Bäumen und allem sehr verwachsen. Und davon einfach etwas abzuschneiden, ist 'ne harte Vorstellung.

In den nächsten Tagen umgingen sie das Thema. Aber beide waren angespannt, erwarteten den Anruf, der ihre Zukunft bestimmen würde. Je nach dem wie sich Frau Johannsen und ihre Tochter entschieden, es würde sie zu einem eigenen Haus oder in eine andere Mietwohnung führen. Denn die Zeit lief ihnen davon. Platzte das Hausprojekt, dann bliebe ihnen wohl nur noch die Alternative, sich nach einer neuen Wohnung umzusehen.

Jedes Klingeln des Telefons ließ ihren Puls steigen. Wenn beide zu Hause waren, war es meistens Jona, der entschlossen zum Hörer griff. Erst wenn er eine unerwartete Stimme vernahm, entspannte er sich.

Annes Chor hatte in der vorweihnachtlichen Zeit zahlreiche Auftrittstermine und verlangte zusätzliche Proben. Es waren anstrengende Tage, auf die sich Anne aber in jedem Jahr aufs Neue freute, und die sie gerade jetzt als willkommene Ablenkung begrüßte.

Jona verbrachte den größten Teil des Tages am Küchentisch, auf dem er kleine und kleinste Bauteile für seine historischen Stadthäuser aus Pappe und Sperrholz fertigte und diese in seine Modelle fügte. Wenn er nach stundenlanger Arbeit, in die er jedes Mal still versank, alles beiseite legte und sein fortgeschrittenes Werk betrachtete, war er mit sich und dem Tag zufrieden.

Das Paar kaufte gern auf dem Wochenmarkt ein. Sie mochten die lebendige Atmosphäre, die dort herrschte, das quirlige Treiben, die bunten Stände und das vielfältige Angebot. An Markttagen schien die ganze Stadt dort auf den Beinen zu sein. Auch Bewohner der Umgebung zog es in Scharen hier her. Jetzt gesellten sich noch die Buden des Weihnachtsmarktes hinzu und erfüllten die Luft mit Düften von Zimt und Glühwein, von Gegrilltem und Exotischem.

Hallo, dass ist ja ein schöner Zufall, hörten die beiden jemanden rufen. Als Anne und Jona sich umdrehten, stand Silke, die Tochter von Frau Johannsen, vor ihnen und strahlte sie an.

Ich wollte Sie heute anrufen und fragen, ob wir noch mal zusammen kommen könnten. Wir hätten da noch ein paar Fragen an Sie.

Am darauffolgenden Nachmittag saßen wieder alle an einer gedeckten Kaffeetafel beisammen, dieses Mal im Wohnzimmer der Nielsens.

An den Wänden hingen mehrere Aquarelle mit Landschaften und eine Motivserie mit roten Holzhäuschen und Details dieser Häuser wie Fensterläden, Türen und Briefkästen. Auf einem alten Nähmaschinentisch stand das Modell eines Bürgerhauses, das den Besucherinnen seltsam bekannt vor kam.

Das ist das Wernersche Haus, ein historisches Wohnhaus aus dem 16. Jahrhundert, das in der Großstraße steht, erklärte Jona.

Da haben Sie aber ein anspruchsvolles, schönes Hobby, Herr Nielsen, sagte Frau Johannsen. *Auch ihre schönen Aquarelle gefallen mir sehr, Frau Nielsen.*

Eigentlich haben wir gar nicht mehr so große Fragen an Sie, schnitt Frau Johannsen das Thema an, das im Raum stand. *Wir wollten Ihnen heute sagen, dass wir bereit sind, Ihnen einen Teil unseres Gartens für Ihr Häuschen zur Verfügung zu stellen. Wir möchten das aber an ein paar Bedingungen knüpfen.*

Anne und Jona waren so überrascht, dass beide sich nur mit großen Augen anschauten und ihnen einen langen Moment lang nichts einfiel, dass sie sagen konnten.

Dann stand Anne auf, trat vor Frau Johannsen und bat, sie umarmen zu dürfen.

Wir hatten so sehr gehofft, dass Sie uns Ihr „Ja" geben. Sie machen uns damit eine riesengroße Freude, liebe Frau Johannsen.

Anne umarmte Frau Johannsen und auch deren Tochter, dabei kullerten ihr ein paar Tränen übers Gesicht. Auch Jona, der mit den Tränen rang, nahm die beiden nacheinander in den Arm und bedankte sich bei ihnen für ihre Großzügigkeit. Dann wandte er sich Anne zu, umarmte und küsste sie.

Ehe sie sich vorab bedanken, sollten Sie sich vielleicht erst einmal anhören, welche Bedingungen wir noch stellen, sagte Silke. *Als Quadratmeterpreis stellen wir uns vierzig Euro vor. Wir möchten gern, dass der große Kirschbaum nicht geopfert wird, dass Sie an der neuen Grundstücksgrenze als Sichtschutz eine Hecke pflanzen und sich um die Pflege und Ernte der Obstbäume kümmern. Können Sie das zusagen?*

Jeder Baum, der unnötig gefällt wird, tut mir weh. Der prächtige Kirschbaum in Ihrem Garten stünde zwar dicht an der Grenze. Aber auf ihn blicken zu können, wenn er blüht und Früchte trägt, wäre ein Geschenk für uns. Ihre Wünsche werden wir gern erfüllen, versicherte Jona.

Wir hätten noch eine Bedingung an Sie beide, fügte Frau Johannsen hinzu. *Da wir ja bald Nachbarn werden, möchten wir ab sofort nur noch ein „Du" von Ihnen hören. Einverstanden? Ich heiße Maren.*

Dann darf ich vorstellen: Dies ist meine liebe Frau Anne, und ich heiße Jona.

Silke verriet später, dass sie und ihre Mutter von Annes Art und dem *entzückenden kleinen Häuschen* so angetan waren, dass das ausschlaggebend für ihre Entscheidung gewesen sei. Aber auch Jona würde ihnen gefallen; überhaupt seien beide ein *sehr nettes Paar.*

Lange saßen die Vier noch zusammen und tauschten Gedanken zu likörgetränkter Schwarzwälder Kirschtorte, die Anne selbst gebacken hatte. Draußen war es bereits stockdunkel, als sie sich alle in froher Stimmung verabschiedeten.

9

Es war wenige Tage vor Weihnachten. Jetzt würden sie nichts mehr in die Wege leiten können. Dennoch wollte Jona sichergehen, dass ihr Hausprojekt überhaupt genehmigungsfähig sein würde. Und so suchte er mit Grundrissskizze, Lageplan und Pappmodell das Bauamt auf, um diese Frage zu klären.

Der zuständige Sachbearbeiter, Herr Beelitz, sah staunend auf das Mitgebrachte.

Ähnlich kleine Ferienhäuser sind mir schon präsentiert worden. Aber ein Haus dieser Größe für dauerhaftes Wohnen hat mein Schreibtisch noch nicht gesehen. Wollen Sie im Ernst zu zweit darin leben?, fragte der Mann, nachdem er einen Blick ins Innere des Modells geworfen hatte.

Tiny Homes sind doch inzwischen auch in Deutschland ein starker Trend. In unserem Alter wollen wir nicht mehr auf großem Fuß und großer Fläche leben. Es geht auch mit weniger, antwortete Jona.

Es spricht grundsätzlich nichts gegen die Aufstellung Ihres Minihauses. Ob klein oder groß, die Vorschriften des Landesbaurechts gelten für alle Häuser. Sie müssen die Abstandsgrenzen einhalten, alle Anschlüsse beantragen und vornehmen lassen. Und auch absolut wichtig: Der Wärme-

energiebedarf des Gebäudes muss anteilig durch erneuerbare Energiequellen gewährleistet werden. Das heißt, dass Sie entsprechende technische Vorrichtungen im Haus installieren müssen, die für Sie aus Boden, Luft oder Sonne die notwendige Energie erzeugen. Für so ein kleines Haus ist das schon ein verhältnismäßig hoher Kostenfaktor und beansprucht auch Platz, der bei Ihrem Vorhaben ja denkbar knapp ist.

Das Grundstück, dass Sie im Auge haben, liegt direkt an einer Straße. Insofern besitzen Sie eine eigene Zufahrt. Es wäre eine Lückenbebauung, und es gibt keinen Bebauungsplan für das in Frage kommende Grundstück. Wenn Sie alle Auflagen beachten, sehe ich keinen Hinderungsgrund für eine Bewilligung eines Bauantrages.

Nach dem Besuch auf dem Bauamt war Jona klar, dass er sich unbedingt noch mit dem Baurecht und dem Gesetz, das den Einsatz erneuerbarer Energiequellen vorschrieb, befassen musste, ehe er weitere Schritte ging.

Das Ingenieurbüro, das die Grundstücksteilung und Vermessung vornehmen sollte, erklärte Jona, dass es dafür einen schriftlichen Antrag der Eigentümerin benötigte. Es stellte in Aussicht, Ende Januar den Auftrag auszuführen.

Jetzt standen viele Feiertage bevor. Bis zum Beginn des neuen Jahres würde sich nichts mehr tun; alle offenen Fragen blieben vorerst unbeantwortet. Aber das Internet hatte auch an Feiertagen *geöffnet.* Hier konnte sich Jona in Ruhe über das Baurecht und andere Gesetze und Vorschriften informieren.

Den Weihnachtsabend verbrachten Anne und Jona in diesem Jahr allein. Sie würden ihn vielleicht das letzte Mal in ihrer Wohnung feiern.

Am ersten Weihnachtstag besuchte das Paar Annike, Annes Tochter, in Lübeck. Bei ihr und ihrer Familie blieben sie zwei Tage und genossen das Beisammensein mit ihnen in der schönen Altstadtwohnung. Anne und Jona kamen immer gern in diese Stadt mit ihrem martimen, mittelalterlichen Flair. Sie genossen die Pracht ihrer Bauten und den feierlichen Schmuck, in dem sich die Hansestadt in diesen Tagen glanzvoll präsentierte.

Anne und Jona hatten viel zu erzählen, denn in ihrem Leben waren in letzter Zeit aufregende Dinge passiert. Sie hatten eine große Reise gewagt und waren im Begriff, ein Haus für sich zu bauen.

Dass ihr zwei euch sowas zutraut, hätte ich nie gedacht, sagte Annike voller Respekt. *Wenn ihr Richtfest feiert, wollen wir unbedingt dabeisein. Ich bin jetzt schon total gespannt auf das Häuschen.*

Es wird so klein sein, dass leider keine Gäste bei uns übernachten können, bedauerte Jona.

Wenn wir euch mal besuchen kommen, mieten wir uns eben eine Ferienwohnung und machen ein paar Tage Urlaub an der Nordsee, entgegnete Annike, sah ihren Mann an und fügte augenzwinkend hinzu: *Oder wir kommen mit 'nem Wohnmobil!*

Wieder zu Hause in Husum studierte Jona im Internet Bauvorschriften, Gesetzestexte und Gebührenordnungen.

Er konnte danach in etwa einschätzen, welche Nebenkosten auf die beiden zukommen würden. Den Kaufpreis für das Haus und das Grundstück veranschlagte er insgesamt mit 70.000 bis 75.000 Euro. Wahrscheinlich würden sie um einen Bankkredit nicht herumkommen.

Beim Studium der Gesetze stieß er auf einen Widerspruch. Herr Beelitz hatte darauf hingewiesen, dass in dem Haus kostspielige Vorrichtungen zur Wärmeerzeugung aus erneuerbaren Energiequellen installiert werden müssten. Das *Erneuerbaren-Energien-Wärmegesetz* besagte aber, dass diese Verpflichtung für Gebäude mit einer Nutzfläche von *mehr* als 50 Quadratmeter gelte. Danach wäre ihr Haus mit seinen nur 30 Quadratmetern davon ausgenommen.

Das neue Jahr war erst wenige Tage alt, als Jona dem Bauamt wieder einen Besuch abstattete, um mit Herrn Beelitz den Widerspruch aufzuklären.

Das ist kein Widerspruch. Die Befreiung gilt für Ferienhäuser, die nicht mehr als 50 Quadratmeter Nutzfläche aufweisen und nicht ganzjährig bewohnt werden. Bei ihrem Bauvorhaben handelt es sich um ein Wohnhaus, das Sie ständig bewohnen wollen. Sie werden also nicht umhinkommen, entsprechende technische Anlagen vorzusehen.

Jona dagegen fand, dass der Gesetzestext in dieser Frage eindeutig sei und danach auch sein geplantes Haus befreit wäre. Aber der Sachbearbeiter wollte sich auf keine weitere Diskussion einlassen.

Der Gesetzgeber hat es nun mal so geregelt, wie ich es Ihnen dargelegt habe, sagte Herr Beelitz und streckte Jona seine Hand entgegen, als wollte er sagen: Das war's. Auf Wiedersehen.

Der Mann vom Bauamt wird wohl wissen, wie das Gesetz gemeint ist, erwiderte Anne, als Jona beim Mittagessen von seinem Gespräch erzählte.

Herr Beelitz war die amtliche Instanz, die den Bauantrag prüfen und entscheiden würde. An ihm führte kein Weg vorbei. Demnach blieb ihnen keine Wahl, sie mussten Geld und Fläche für entsprechende technische Anlagen einkalkulieren. Doch Jona mochte die Aussage des Sachbearbeiters nicht akzeptieren. Er glaubte, dass dieser das Gesetz falsch interpretierte.

Er wollte eine zweite Meinung einholen und schrieb dem Kreisbauamt in Schleswig eine Email und fragte darin, was nach deren Meinung der Passus im Gesetz aussagte.

Ein paar Tage später antwortete die Behörde und bestätigte die Auslegung von Herrn Beelitz.

Aber Jona glaubte nach wie vor nicht, dass die Bauamtssachbearbeiter mit ihrer Meinung richtig lagen. Die hatte immerhin ziemliche Konsequenzen für die Planung des Hauses und bedurfte einer definitiven Klarstellung durch eine höhere Instanz.

Das Mnisterium für Energiewende in Kiel war die Stelle, die die Einhaltung des betreffenden Gesetzes im Land überwachte. Jona rief dort an und bat um Klärung.

Als Jona schon am nächsten Tag eine Email vom Ministerium erhielt, rief er Anne und las ihr die Nachricht vor:

Sehr geehrter Herr Nielsen,

bezugnehmend auf das Telefonat teile ich Ihnen gerne mit, dass Ihr Vorhaben ein neues Wohngebäude zu errichten, nach fachlicher Prüfung von den Anforderungen und der Nutzungspflicht von Erneuerbaren Energien nach dem Erneuerbaren-Energien-Wärmegesetz (EEWärmeG, aktuelle Fassung im Anhang) befreit ist. Denn nach §4 des EEWärmeG „Geltungsbereich der Nutzungspflicht" sind (neue) Gebäude, deren Nutzfläche 50 qm nicht überschreiten, von der Pflicht zur Anwendung des EEWärmeG ausgenommen.

(Die Nutzfläche im Sinne des EEWärmeG entspricht der gesamten Gebäudenutzfläche bzw. der Nettogrundfläche nach der Energieeinsparverordnung; (Verhältnis von Wohnfläche zu Nutzfläche rund 1,2))

Für Rückfragen stehe ich Ihnen gerne zur Verfügung!

In der Hoffnung Ihnen geholfen zu haben,

verbleibe ich mit

freundlichen Grüßen

Dr. Jürgen Maibach

Als Jona erneut das Bauamt besuchte und dem Sachbearbeiter Beelitz das Schreiben vorlegte, las dieser es lange. Offenbar verstand er den in Amtsdeutsch gehaltenen Text mit seinen Verschachtelungen nicht auf Anhieb. Jona war es ja auch so ergangen. Der eigentliche Kernsatz lautete:

Ihr Bauvorhaben ist von der Nutzungspflicht für erneuerbare Energien befreit.

Statt eines Kommentars bat Sachbearbeiter Beelitz lediglich darum, das Schreiben für sich kopieren zu dürfen.

Ich werde es dann bei Ihrem Bauantrag berücksichtigen, sagte er zum Schluss und verzichtete auf jedes weitere Wort.

Auch diese Hürde war nun genommen. Die Nielsens hatten die Zusage für den Bauplatz und die Aussage der Baubehörde, dass einer Genehmigung nichts mehr im Wege stehe. Jetzt mussten sie noch das Unternehmen finden, dass ihr Haus bauen würde. Jona favorisierte Oke Bahnsen, aber der war mit Aufträgen ausgelastet und schien kein Interesse an ihrem Projekt zu haben.

Den Grundriss des Hauses hatten Anne und Jona noch nicht im Detail besprochen, da Anne lange gezögert hatte, das Rundhaus zu akzeptieren. Doch inzwischen sah sie ein, dass dessen Form bei der gegebenen Größe deutliche Vorteile gegenüber einem rechtwinkligen Haus bot und stimmte der Variante zu.

Deren Raumaufteilung schien den beiden optimal. Die Anzahl der Fenster verringerten sie jedoch und änderten deren Größe und Platzierung. Haustür und Innentüren verbreiterten sie auf ein behindertengerechtes Maß. Aus Kostengründen sahen sie ein Schraubfundament an Stelle einer Betonbodenplatte vor. Ein Holzofen sollte die einzige Heizquelle sein. Bei Bedarf würden sie später vielleicht Infrarot-Deckenstrahler installieren. Und für die Warmwasserversorgung wollten sie einen elektrischen Durchlauferhitzer im Bad anbringen lassen.

Mit dem nun überarbeiteten Entwurf suchten beide nochmals das Flensburger Unternehmen auf, dessen Berater bei ihrem ersten Gespräch die Fertigstellung des Hauses bis zum Herbst eingeräumt hatte.

Jetzt haben wir schon Januar. Das wird knapp, sagte der selbe Berater, mit dem sie auch schon im letzten Jahr gesprochen hatten. *Aber wenn Sie uns alle erforderlichen Unterlagen bis Mitte Februar einreichen, können wir Ihnen die schlüsselfertige Aufstellung noch für dieses Jahr verbindlich zusagen.*

Der Berater wollte Ihnen in Kürze ein schriftliches Angebot unterbreiten und bat um baldige Vertragsunterzeichnung, falls das Angebot ihnen zusagen sollte.

Am nächsten Tag saßen sie Oke Bahnsen gegenüber.

Ihr seid doch schon mal hier gewesen. Wollt ihr immer noch das Häuschen bauen?, begrüßte der Bauunternehmer das Paar.

Jona legte den genau bemaßten Grundriss, Außenansichten des Hauses und eine Auflistung ihrer Detailwünsche auf den Tisch.

Wir haben inzwischen einen Bauplatz in Husum gefunden und die Entwürfe überarbeitet. So soll unser Haus aussehen. Würden Sie das Haus für uns bauen?, fragte Jona direkt ohne lange Vorrede.

Wie ich schon sagte: In diesem Jahr wird das nichts mehr. Übernächstes Frühjahr wäre nach unserem Terminplan realistisch. Wenn euch das nicht zu spät ist und ihr unbedingt mit uns bauen wollt, dann meinetwegen. Wir machen euch ein Angebot mit einem Festpreis. Dann liegt es bei euch, ob ihr mit mir einen Vertrag machen wollt.

Wieso duzt der Mann uns eigentlich, fragte Anne auf der Rückfahrt.

Der hat bestimmt schon sein halbes Leben auf dem Bau verbracht, und da siezt man sich nicht, erwiderte Jona.

Wir werden wohl mit dem Flensburger Unternehmen bauen müssen. Nur bei dem würden wir das Haus noch in diesem Jahr bekommen, überlegte Jona laut.

Es hatte in den letzten Tagen geschneit, aber Plusgrade verwandelten die weiße Schneedecke in grauen Matsch. Jona fegte ihn gerade vor dem Hauseingang beiseite, als Willi mit seinem Rad um die Ecke kam und auf Jona zusteuerte.

Moin Jona! Das ist richtiges Schietwetter. Leichter Frost ist mir lieber, aber man kann sich das ja nicht aussuchen, sagte Willi. *Hab heute Post für euch.*

Der große Umschlag, den Jona auf den Küchentisch legte, kam aus Flensburg. Anne schnippelte gerade Gemüse für das Mittagessen. Sie unterbrach ihre Arbeit, schob alles beiseite und schaute gespannt auf die Unterlagen, die Jona dem Umschlag entnahm.

Nach einem kurzen Blick auf das Anschreiben fand er auf der nächsten Seite die Gesamtsumme, die die Baufirma für ihr Vorhaben veranschlagte.

74.480 Euro – mit soviel hatte ich nicht gerechnet. Das sind pro Quadratmeter …

… etwa zweieinhalbtausend, sagte Anne, ohne lange nachzudenken und bewies damit, wie gut sie kopfrechnen konnte.

Eigentlich zu viel, denn wenn alle anderen Kosten noch hinzu kommen, liegen wir wahrscheinlich bei über hunderttausend Euro, sagte Jona und versuchte, sich alle Kosten in Gedanken noch mal zu vergegenwärtigen.

Dann müssen wir eben einen Kredit aufnehmen. Den können wir doch in ein paar Jahren wieder abzahlen, versuchte Anne Jona von längerem Grübeln abzuhalten.

Als nach einigen Tagen auch das Angebot von Oke Bahnsen eintraf, saßen wieder beide am Küchentisch und lasen gemeinsam, was er oder seine Mitarbeiter kalkuliert hatten.

57.220 Euro! Wow, so ein Unterschied!, rief Anne. *Wie kann das sein? Das Angebot ist ja über 17.000 Euro günstiger. Zu schade, dass die Firma in diesem Jahr für uns nicht bauen kann.*

Obwohl ihnen eigentlich klar war, dass nur das teurere Angebot bzw. die Flensburger Firma für sie in Frage kam, schoben sie ihre Entscheidung auf. Sie benötigten für die Auftragserteilung die Unterlagen vom Katasteramt, doch das abzuteilende Grundstück war noch nicht vermessen. Sie mussten also abwarten und waren froh, sich mit ihrer Entscheidung noch etwas Zeit lassen zu können.

Doch der Anruf des Maklers, den sie für die Wohnungssuche beauftragt hatten, und von dem bislang noch kein Angebot gekommen war, brachte sie in eine Zwickmühle.

Ich hab eine Wohnung für Sie, sagte er mit freudiger Stimme. *Sie hat knapp sechzig Quadratmeter, drei Zimmer, Gasheizung, ist neu renoviert und relativ günstig. Die Eigentümer wünschen sich als Mieter ausdrücklich ein ruhiges, noch junges Rentnerehepaar mit gutem Einkommen, aber ohne Haustiere. Wären Sie interessiert?*

Jona, der dem Makler zugehört hatte, blieb zunächst eine Antwort schuldig. Zu überrraschend kam dieses Angebot, zu schnell die Aufzählung.

Soll ich Ihnen die Unterlagen vielleicht zuschicken oder wollen Sie vorbeikommen?, fügte der Makler hinzu, um die Sprechpause zu überbrücken.

Wenn es Ihnen passt, komme ich heute Nachmittag vorbei, antwortete Jona schließlich. *Und danke, dass Sie an uns gedacht haben.*

Anne war mitgekommen. Im Büro des Maklers studierten die beiden die akurat angefertigten Angebotsunterlagen. Sie enthielten genaue Angaben über die Ausstattung der Wohnung, einige Fotos, einen Grundriss- und Lageplan und einen Energieausweis. Die Wohnung lag im Norden der Stadt, weit vom Zentrum entfernt, war über zweihundert Euro teurer als ihre jetzige und besaß keinen Balkon. Aber sie hatte sonst alles, was ihnen wichtig erschien. Sie war jedenfalls, wenn die Fotos nicht trügten, ansprechend und ausreichend hell. Zu beziehen wäre die Wohnung ab sofort, spätestens jedoch zum 1. April.

Anne und Jona baten um einen Tag Bedenkzeit, wollten die Wohnung bei Interesse an einem der nächsten Tage besichtigen.

Zu Hause beriet das Paar über die neue Situation und versuchte, die Gedanken zu ordnen. Die Wohnung war bezahlbar und schien akzeptabel. Aber sie lag zu weit weg und zwischen Kündigungstermin und Mietbeginn lagen mehrere Monate. Aber wollten die beiden überhaupt noch eine Mietwohnung? Mit dem Hausprojekt waren sie doch schon so weit vorgeprescht.

Noch haben wir nichts festgemacht, keinen Vertrag unterschrieben. Wir können das Bauvorhaben auch noch absagen, versuchte Jona alle Optionen offenzuhalten.

Jona, es ist so, dass ich mich inzwischen schon auf unser Haus freue. Ich hab mich richtig verliebt in das kleine runde Haus. Ich will nicht wieder in eine Mietwohnung, und schon gar nicht in die für junge Rentner ohne Haustiere. Und obendrein noch ohne Balkon!

Nein, ich will auch nicht mehr Mieter sein mit der Aussicht auf Kündigung, pflichtete Jona ihr bei. *Wir schließen das Kapitel und fangen noch mal neu an. Wir bauen das Haus und ziehen nach Rödemis.*

Beide umarmten sich und waren froh, dass sie zu einer gemeinsamen Entscheidung gefunden hatten.

10

Sie wollten das Haus bauen, waren jedoch immer noch unschlüssig, welcher Firma sie den Auftrag geben sollten? Das Unternehmen in Flensburg würde den Bau noch in diesem Jahr, möglicherweise noch vor dem Kündigungstermin fertigstellen können. Wäre nur nicht der große Preisunterschied, den sie ungern in Kauf nehmen wollten.

Unser Vermieter hat uns zwar fristgerecht gekündigt, aber er kann uns nicht einfach aus unserer Wohnung rauswerfen, wenn wir bis dahin noch nichts gefunden haben. Sören Dethlefsen müsste uns auf Räumung verklagen, aber das Gericht würde uns zugestehen, dass wir die Wohnung noch bis zum Einzug in unser Haus behalten können. Das glaube ich jedenfalls, sagte Jona. *Im Internet hab ich davon gelesen.*

Wir wollen doch nicht vors Gericht gezerrt werden!, wehrte sich Anne gegen diese Möglichkeit.

Aber das Gericht wäre in dem Fall auf unserer Seite. Ich würde es darauf ankommen lassen, schließlich geht es um eine Menge Geld. Mein Gefühl sagt mir, dass wir mit Oke Bahnsen auch den besseren Partner hätten. Für seinen Betrieb spricht außerdem, dass er in der Nähe ist.

Vielleicht hast du ja Recht, lenkte Anne ein.

Holzbau Bahnsen, Sie sprechen mit Marit Boysen, hörte Jona eine helle, klare Stimme am Telefon, als er die Firma anrief. Oke Bahnsen, erfuhr er, sei gerade im Gespräch mit einem Kunden. So bat er Frau Boysen, ihrem Chef auszurichten, dass er und seine Frau das Angebot annehmen und mit ihm den Bauvertrag abschließen wollen.

Anne stand neben ihrem Mann, als er den Hörer auflegte. Er schaute sie an und strahlte. Ihr Kuss besiegelte die Entscheidung, die sie sich abgerungen hatten. Sie atmeten durch und freuten sich über diesen wichtigen Schritt auf dem Weg zu ihrem Häuschen.

Jona hatte dem Ingenieurbüro den erbetenen Antrag von Frau Johannsen überbracht. Ende Januar vermaßen dessen Mitarbeiter das abzutrennende Grundstück und beantragten beim Katasteramt eine neue Flurkarte. Die neuen Grundstücksgrenzen würden erst amtlich, wenn sie im Grundbuch beim Amtsgericht eingetragen waren.

In der letzten Februarwoche klingelte Willi an der Tür der Nielsens und überbrachte per Zustellungsurkunde das ersehnte Dokument vom Grundbuchamt. Einige Tage später unterzeichneten die beiden gemeinsam mit Frau Johannsen den Kaufvertrag für das Grundstück bei einem Notar, der auch alle weiteren Formalitäten erledigen würde. Nun gehörte ihnen das Teilstück offiziell.

Jona hatte bereits zuvor mit Anne die Lage des Hauses und des Carports mit Geräteschuppen auf ihrem zukünftigen Grundstück grob festgelegt. An Hand der offiziellen Flurkarte fertigte er nun einen neuen Plan mit genauer Bemaßung, den die Baufirma für die Erstellung der Bauantragsunterlagen benötigte. Die Unterlagen schickte er dem Unternehmen und teilte ihm mit, dass er und seine Frau zur Vertragsunterzeichnung bereit seien.

Es war Mitte März, Frühling lag in der Luft, als Anne und Jona Marit Boysen in der Baufirma gegenübersaßen. Sie schien sehr jung, war kaum älter als Mitte zwanzig.

Ich werde für das Bauvorhaben zukünftig Ihre Ansprechpartnerin und Bauleiterin sein. Wir freuen uns, dass Sie sich für unser Unternehmen entschieden haben, sagte sie und fragte, ob sie einen Kaffee anbieten dürfe. Das Paar verneinte.

Marit Boysen überreichte ihm eine Ausfertigung des Vertrages und der Bauzeichnungen. Als Anne und Jona die Entwürfe ihres Hauses betrachteten und darin alle Details wiederfanden, die sie vorgegeben hatten, war das ein bewegender Moment für sie. Es schien so unwirklich: Sie sahen auf ein gezeichnetes Gebäude, das schon im nächsten Jahr in Rödemis erstehen würde. Und es wäre ihr eigenes Haus, umgeben von einem kleinen Garten mit einem großen Kirschbaum davor.

Marit Boysen bat die beiden, den Vertragstext mitzulesen und bei Unklarheiten nachzuhaken. Als sie bereits mehrere Punkte vorgelesen hatte, machte sie eine Pause und erklärte:

Wie Sie es wünschten, haben wir keine Heizung vorgesehen. Die Anschlüsse für Strom und Wasser werden kompakt in einem Wandschrank neben der Haustür untergebracht. Das Schraubfundament ist ebenfalls berücksichtigt und im Festpreis enthalten. Für uns sind diese großen Bodenschrauben technisches Neuland. Aber ich habe eine Firma gefunden, die das Verfahren anbietet und das Fundament nach unseren Vorgaben erstellen wird.

Beruhigt, dass der Vertrag nun unterschrieben war, und sie damit ihr Bauprojekt auf den Weg geschickt hatten, verließen Anne und Jona die Baufirma. Sie fuhren nicht gleich nach Hause. Dies war ein besonderer Tag, den sie auch auf besondere Weise verbringen wollten. Jona hatte zur Mittagszeit in einem Restaurant in Friedrichstadt einen Tisch bestellt. Dort würden sie heute speisen und ihren Abschluss feierlich krönen.

Nach dem Essen spazierten sie durch die Stadt und auf Wegen, die dicht am Wasser entlangführten. Der milde Winter bescherte manchen Bäumen und Sträuchern bereits ein Blätterkleid und den Grünanlagen erste Blumen. Die Luft war mild, die Sonne schien, und die Vögel sangen oder bauten bereits an ihren Nestern.

Alles passte an diesem Tag zusammen, fanden Anne und Jona. Sie hatten ein neues Kapitel in ihrem Leben aufgeschlagen, und die Natur feierte und begrüßte es mit ihnen.

In den nächsten Tagen und Wochen flatterten erste Rechnungen bei ihnen ein. Der Notar, das Amtsgericht und das Vermessungsbüro verlangten Gebühren, das Finanzamt berechnete Grunderwerbssteuer, die mit 6,5 Prozent des Kaufpreises zu Buche schlug.

Damit war das Vorspiel abgeschlossen. In den restlichen Monaten des Jahres würde sich in Sachen Hausbau nichts mehr ereignen. Die offene Frage für das Paar war jedoch, ob es bis zum Ende des Jahres und darüber hinaus in seiner Wohnung würde bleiben können. Anne und Jona waren mit ihrem Vorgehen ein Risiko eingegangen, dass sie vielleicht noch bereuen würden.

Nun mussten sie noch ein ganzes Jahr auf den Baubeginn warten. Sie bedauerten, dass sie Emma so schnell verkauft hatten. Das Frühjahr und der Sommer lockten sie zum Reisen, aber es fehlte das Wohnmobil.

Kees und Mareike hatten ihnen zu Weihnachten geschrieben und sie erneut in die Niederlande, nach Utrecht, eingeladen.

Wir könnten uns doch ein Wohnmobil mieten und im Mai oder Juni für ein paar Wochen nach Holland und in die Normandie fahren, schlug Anne vor, obwohl sie ahnte, dass Jona jetzt nicht verreisen wollte.

Wir würden lange auf der Autobahn fahren, durch dicht besiedelte Länder und Städte. Wollen wir das wirklich?, fragte Jona skeptisch. *Mir wäre das zu viel Zivilisation und zu wenig Natur.*

Trotz seiner ablehnenden Haltung schaute er im Internet nach Wohnmobilen, die zur Miete angeboten wurden. Für ein fast neuwertiges Fahrzeug, mit komfortablerer Ausstattung als sie Emma besessen hatte, wurden für drei Wochen knapp zweitausend Euro verlangt. Zuzüglich Nebenkosten und Platzgebühren mussten sie mit insgesamt etwa dreitausend rechnen. Das schien Jona angesichts der bevorstehenden Ausgaben für den Hausbau eine zu große Ausgabe. Er entschied, das Thema erstmal ruhen zu lassen.

Seit einiger Zeit erschien an den Futterstellen auf dem Balkon wieder regelmäßig ein Rotkelchen. Aber es war scheu und flog stets davon, wenn Jona ihm Goldhirse auf seiner Hand anbot. Es wird ein anderes Rotkelchen gewesen sein, das im letzten Winter so zutraulich war, dachte er und gab weitere Versuche auf.

Gelegentlich kamen auch Spechte und ein Eichelhäher hier angeflogen ein, die die Futterplätze auf ihrem Balkon schätzten. Offenbar hatte es sich in der Vogelwelt der benachbarten Gärten und des

Schlossparks herumgesprochen, dass es bei den Nielsens etwas zu essen gab. Wenn Jona mal vergaß, Futter nachzufüllen, schien es ihm, dass besonders die Spatzen regelrecht mit ihm schimpften. Die Vogelschar hatte sich an seine Gaben gewöhnt und bestand auf ihre tägliche Mahlzeit.

Wenn das Paar in der Küche frühstückte und gleichzeitig die Vögel draußen auf dem Balkon ihr Futter vertilgten, empfand es eine besondere Verbundenheit mit ihnen. Ihr tägliches Erscheinen machte das Paar glücklich.

Die Krokusblüte im Schlosspark, die alljährlich tausende Besucher anzog, hatte sich in diesem Jahr unerwartet früh eingestellt. Schon morgens spazierten viele Menschen auf den Wegen. Jona, der es schätzte, wenn er den Park für sich allein hatte, fand es jetzt in ihm ungemütlich und verzichtete eine zeitlang auf seine Spaziergänge.

Waren die Krokusse verblüht, belebten sich die übrigen Gewächse. Die Bäume trieben ihre Blätter aus und breiteten grüne Laubfächer über den Park. Jona mochte die Frühlingszeit, in der alles Leben erwachte, besonders und verlängerte seine Spaziergänge durch den Park dann gern.

Der Wochenmarkttrubel stand in krassem Kontrast zur Stille und Beschaulichkeit des Parks. Massen von Menschen schoben sich in der Innenstadt an den zahlreichen Buden vorbei. Dennoch kauften Anne und Jona gern dort ein. Manchmal wollten sie auch nur die Vielfalt und Frische der Blumen, der Obst- und Gemüsesorten bestaunen und sehen, was es Neues gab. Oft trafen sie auch Freunde und Bekannte, und es war schön, sie wiederzusehen und sich mit ihnen über dies und das zu unterhalten.

Fast immer begegneten sie auf dem Markt auch Tante Hilde und Polly. Beide ließen nur bei schlechtestem Wetter oder im Winter bei gefährlicher Glätte einen Wochenmarkttermin aus. Dann bat Tante Hilde die Nielsens gelegentlich, ihr etwas mitzubringen.

In ihrer Straße hatte es sich herumgesprochen, dass Anne und Jona demnächst aus ihrer Wohnung ausziehen würden. Das Paar selbst hatte niemandem in der Straße davon erzählt und wunderte sich, dass sie darauf angesprochen wurden. Wenn sie nachfragten, von wem dieses Gerücht stammte, hieß er nur: *Habe ich von irgendjemandem gehört.* Eigentlich war es ihnen auch egal. Denn einfach klammheimlich ausziehen wollten sie ohnehin nicht. Es gab mehrere Bewohner der Straße, denen sie nahestanden, und von denen sie sich, wenn es soweit wäre, verabschieden würden.

Ein Gedanke beschäftigte sie zunehmend: Sie würden in ihrem Häuschen nur halb so viel Platz zur Verfügung haben wie in ihrer jetzigen Wohnung. Das bedeutete, dass sie sich von vielen Dingen noch vor ihrem Einzug trennen mussten. Von Möbeln, Kleidern, Geschirr und Büchern. Sie wollten nicht bis zum Schluss damit warten, sondern schon jetzt langsam mit dem Aussortieren anfangen. *Wir vereinfachen unser Leben,* war ihre Devise, aber ihnen war auch klar, dass es ihnen nicht leicht fallen würde, Dinge wegzugeben, die ihnen in ihrem Leben etwas bedeutet hatten.

Beide drückten sich davor, einen Schrank zu öffnen oder sich ein Bücherregal vorzunehmen und mit dem Aussortieren anzufangen.

Es war Anne, die eines Tages einfach damit begann. Jona fand sie im Schlafzimmer, als sie gerade dabei war, den gesamten Kleiderschrank auszuräumen und den Inhalt auf mehrere Haufen zu türmen.

Gut, dass du gerade kommst. Schau mal auf deine Sachen und entscheide, auf welche Kleidungsstücke du verzichten willst.

Das kann ich jetzt nicht. Ich möchte auch nichts wegwerfen, das ich noch tragen könnte, sagte Jona.

Wir haben doch von allem zu viel. Das können wir unmöglich alles mitnehmen, widersprach Anne.

Fang du schon mal an. Ich mach das später, erwiderte Jona und war im Begriff zu entschwinden.

Ich will deine Sachen doch nicht alle wieder zurückhängen. Du musst dich jetzt entscheiden, forderte Anne.

148

Sie hatte recht, das wusste Jona. Das Aussortieren immer wieder zu verschieben, löste das Problem nicht. Unwillig schaute er auf den Kleiderhaufen, auf dem sich seine Hemden, Jacken und Hosen befanden. Vieles davon hatte er in den letzten Jahren gar nicht mehr getragen. Die Sachen könnten doch schon mal weg, sagte er sich. Andererseits waren sie so gut wie neu.

Jona besaß die Tendenz, alles, was brauchbar war, aufzuheben. Nägel, Schrauben, alte Klamotten, ausgelatschte Schuhe, Kartons. Anne war in der Hinsicht rigoroser. Möbel, technische Geräte und Kleidungsstücke, die sie nicht mehr mochte, brachte sie kurzentschlossen zum Sozialladen oder gab sie zum Sperrmüll. Andererseits bereicherte sie ihr Besitztum mit zahlreichen Strand- und Flohmarktfunden, alten Möbeln und neuen Kleidungsstücken, so dass sie eine Hand leerte und die andere füllte.

Schließlich nahm Jona die Herausforderung an. In beachtlicher Schnelligkeit hatte er seinen Kleiderhaufen zu zwei Teilhaufen neu aufgeschichtet. Anne staunte.

Der größere Haufen kann weg. Sind alles Sachen, die ich zuletzt nicht mehr getragen habe.

Dann stopfte er die ausgelesenen Teile in zwei große Plastiksäcke.

Für heute ist mir das genug. In den nächsten Tagen können wir ja weitermachen. Soll ich deine ausrangierten

149

Sachen auch in den Keller bringen?, fragte Jona gereizt. Er hatte sich zu etwas gedrängt gefühlt, zu dem er noch nicht bereit gewesen war. Aber jetzt hatte er die Geschichte hinter sich. Und im Keller waren die Sachen ja noch nicht aus der Welt

Ich weiß nicht, wie es dir geht, sagte Anne später zu Jona, als dieser wieder sichtlich entspannt war, *ich fühle mich nach so einer Aufräumaktion richtig gut. Wenn ich jetzt in den halbvollen Schrank schaue, ist das für mich wohltuend. Schau doch jetzt auch mal in den Schrank.*

Du hast ja Recht. Wir sollten anfangen, unser Leben zu entrümpeln, nicht nur weil wir demnächst in eine kleinere Umgebung umziehen, pflichtete er Anne bei. *Die meisten unserer Bücher stehen nur in den Regalen rum, lesen werden wir sie wohl kaum mehr. Ebenso ist es mit Töpfen, Tellern und vielen anderen Sachen, die wir schon ewig nicht mehr benutzen.*

Und mit Schrauben, Nägeln und allem möglichen Kram, den du in Schubladen und Kisten gehortet hast, ergänzte Anne Jonas Aufzählung.

Beide einigten sich darauf, in den nächsten Tagen ihre Bestände zu überprüfen und das auszusortieren, auf das sie verzichten konnten. Zudem wollten sie in einer Liste festhalten, was sie in diesem Jahr vorerst noch behalten, ins neue Haus jedoch nicht mitnehmen wollten oder konnten. Vor allem ihre Möbel sollten vorerst noch alle dableiben, zumal sie sie brauchten.

Mehrere Tage beschäftigte sie ihr Vorhaben. Jona brachte Aussortiertes aller Art mit dem Auto zum Sozialladen oder zu Recycling-Containern. Selbst seine Kleidersäcke aus dem Keller entsorgte er. Den Inhalt mehrerer Schubladen und Kisten mit sorgsam gesammelten Kleinteilen schüttete er in die Mülltonne ohne nochmal dreinzuschauen. Augen zu und durch, sagte er sich. Er hatte sich zu der Aktion entschieden und wusste, dass es ein notwendiger und richtiger Schritt war.

Sie hatten es schließlich geschafft, ihren Haushalt weitgehend zu entrümpeln und atmeten durch. Gemeinsam machten sie einen Rundgang durch ihre Wohnung, öffneten Schränke und besahen sich die leerer gewordenen Regale.

Es war wie eine Befreiung von einer zu schwer gewordenen Last. Sie nahmen sich beide vor, zukünftig sehr genau zu prüfen, ob die Anschaffung von etwas Neuem unbedingt nötig oder verzichtbar wäre.

11

Der Frühling war endgültig in die Stadt eingezogen. Ein ungewöhnlich milder, sonniger Märztag lockte die beiden zum Hafen. Draußen vor den zahlreichen Lokalen genossen bereits unzählige Besucher den schönen Tag und die entspannte Atmosphäre vor maritimer Kulisse.

Anne und Jona fanden einen Platz vor dem italienischen Eiscafé. Hier gab es den besten Kaffee und gratis dazu ein perfekt gemaltes Herz auf dem Milchschaum.

Die beiden hatten sich mühevoll ihrer alten Sachen entledigt. Jetzt fühlten sie sich befreit und konnten sich auf das aufgeräumte Jahr, das vor ihnen lag, freuen. Die Grundstücksangelegenheit war erledigt, der Bauvertrag unterschrieben und der Bauantrag von Oke Bahnsen bei der Behörde eingereicht worden.

In den nächsten Monaten standen keine Termine oder Ereignisse an, die ihre Anwesenheit in der Stadt erforderten. Sie bedauerten, dass sie Emma nicht mehr besaßen. Mit ihr hätten sie noch mal eine schöne Reise unternehmen können.

Sie besprachen ihre Möglichkeiten und Wünsche und überlegten Reiseziele, die nicht so weit entfernt und möglichst am Wasser lagen. Es würde sie reizen, an der mecklenburgischen Ostseeküste entlang zu fahren. Am liebsten in kleinen Etappen mit dem Fahrrad. Aber das trauten sie sich nicht mehr zu. Vielleicht doch wieder mit einem Wohnmobil?

Zu Hause verfolgten sie auf einer Landkarte die Küstenlinie von der Lübecker Bucht bis nach Usedom. Mit einem Wohnmobil könnten sie die ganze Küste entlangfahren und an schönen Orten jeweils mehrere Tage bleiben, überlegten sie. Sie dachten dabei an den Darß und das Fischland, an Rügen und an Usedom. Die Idee nahm Gestalt an und wurde zu einem Entschluss.

Was meist du, Anne? Sollen wir beide wieder mit einem Wohnmobil verreisen?, fragte Jona etwas theatralisch, denn er wusste ihr Antwort doch längst.

Jaaaa, mein Lieber!, erwiderte Anne und umarmte ihren Mann.

Bei einem Schleswiger Wohnmobilverleiher mietete Jona ein Fahrzeug für eine 10tägige Reise, die sie in der letzten Maiwoche beginnen wollten. Beide hatten sich ein Modell ausgesucht, das ihnen in Größe und Ausstattung gefiel und achtzig Euro Miete pro Tag kosten sollte.

Voller Vorfreude planten sie in den nächsten Tagen ihre Reiseroute, suchten im Internet nach empfohlenen Stellplätzen, sehenswerten Orten und schönen Radtouren. Zehn Tage waren keine lange Zeit, aber sie wollten die Sommersaison meiden und lieber im Spätsommer noch mal verreisen, falls bis dahin keine häuslichen Probleme anstanden.

Jetzt war es an manchen Tagen schon so warm und sonnig, dass das Paar des öfteren auf dem Balkon frühstückte. Wieder sah es nacheinander Tante Hilde mit Polly, Willi, den Postboten, und die geführte Gruppe aus dem Kindergarten auf dem Bürgersteig vorbeigehen.

Tante Hilde hatte offenbar Beschwerden beim Gehen, denn sie humpelte. Wie Anne später von ihr erfuhr, hatte eine Untersuchung ergeben, dass ihr Hüftgelenk schwer beschädigt sei.

Ich hab damit schon länger zu tun, aber jetzt ist es richtig schlimm geworden. Dr. Reimers rät mir zu einer baldigen Operation. Aber davor hab ich Angst, vor allem wegen Polly. Ich müsste nach der OP für mehrere Wochen zur Reha. Aber dahin darf ich Polly nicht mitnehmen, erzählte Hilde traurig. *Ich mach mir große Sorgen ihretwegen.*

Anne besprach Hildes Problem mit ihrem Mann.

Können wir Polly nicht zu uns nehmen, solange Hilde nicht da ist?

Aber so ein Hund ist schon was anderes, als eine Blume in Pflege zu nehmen. Polly ist bestimmt eine sehr verwöhnte Hundedame. Wer weiß, ob wir mit ihr zurechtkämen, antwortete Jona skeptisch. *Ich kenne mich mit Hunden überhaupt nicht aus und du doch sicher auch nicht. Was machen wir mit ihr, wenn sie Probleme bereitet?*

Die macht schon keine Probleme. Für Hilde ist die Hündin ihr Ein und Alles. Ich finde, wir sollten Hilde ihre Sorge nehmen und Polly zu uns holen. Ist ja nur für ein paar Wochen, plädierte Anne.

Ende April unterzog sich Hilde der Operation und bekam ein neues Hüftgelenk. Polly war bei den Nielsens eingezogen und protestierte in keiner Weise gegen die ungewohnte Umgebung und ihre neuen Mitbewohner, besaß sie hier doch ihr vertrautes Körbchen und einen großen Vorrat ihres Dosenfutters. Hilde hatte auf einem Zettel einen Futter- und Tagesplan hinterlassen und Pollys Gewohnheiten aufgeschrieben.

Wenn ihr das beachtet, werdet ihr keine Probleme mit ihr haben. Sie ist total lieb und pflegeleicht, hatte Hilde versichert.

Der Tagesplan sah vor, dass Polly täglich drei Mal Gassi ging, am besten immer zur selben Zeit – um neun, um dreizehn und um achtzehn Uhr.

Anne und Jona wollten sich bei diesen Gängen abwechseln. Aber es zeigte sich, dass Polly nur mit Jona gehen wollte, bei Anne blieb sie einfach beharrlich stehen. Und Jona konnte mit ihr nicht durch den Park gehen. Da machte sie schlapp, weil sie die längere Strecke nicht gewohnt war. Ihr genügte der Bürgersteig, einmal hoch und einmal runter. Dabei unterbrach sie ihre Tour zig-mal, um Pfosten, Autoreifen und Bäume zu markieren und schließlich, um ihr *Geschäft* zu machen, das Jona jedes Mal gewissenschaft mittels Plastiktüte in einem Mülleimer entsorgte.

Zuerst war es Jona peinlich, sich täglich mit der kleinen Hündin, die so gar nicht zu seinem Typ passte, der Öffentlichkeit auszusetzen. Polly gehörte eher in die Obhut einer Frau, dachte er. Andererseits sah er in Polly ein liebenswürdiges und schutzbedürftiges Wesen, das gerade ihn als ihren Begleiter auserwählt hatte, dass er nicht umhin konnte, die kleine Hundedame zu mögen. Sie besaß einen angenehmen Charakter, schönes schwarzbraunes Fell und schien so zerbrechlich mit ihrem kleinen Körper und den kurzen, dünnen Beinen. Sie maß kaum zwanzig Zentimeter und brachte kaum mehr als tausend Gramm auf die Waage.

Es berührte ihn, wenn Polly mit ihren großen brauen Augen zu ihm aufschaute. Es schien ihm, dass ihr Blick ihm sagte: *Ich vertraue dir ganz und gar.*

Als Willi Jaschke sein Postrad durch die Straße schob und die beiden ihm das erste Mal begegneten, amüsierte ihn offensichtlich das Bild, das die beiden abgaben:

Bist du jetzt auch auf den Hund gekommen? Du machst dich gut an der Leine. Polly zeigt dir, wo es lang geht, nicht wahr?

Lieber führe ich einen kleinen Hund an der Leine, als ein schweres, unförmiges Postrad zu schieben, gab Jona zurück.

Das Futter mochte Polly gern vermengt mit Hüttenkäse, und bei abendlichem Fernsehen könnte ihre Hündin immer gut einschlafen, ließ Hilde die Nielsens wissen. Allerdings sahen sie nicht täglich fern, und wenn, dann im Wohnzimmer. Aber dort wollten sie Polly nicht haben. Sie hatten ihr einen Platz in der Küche zugewiesen und funktionierten dort ihren Computerbildschirm zum Fernseher um. Anne und Jona schauten dann die ersten Abende irgendwelche Filme, die Polly überhaupt nicht zu interessieren schienen, denn schon bald schlief sie ein. Dann schaltete das Paar den Computer aus und verzog sich leise ins Wohnzimmer.

Pollys Gewohnheiten bestimmten den Ablauf des Tages bei den Nielsens. Er war getaktet in Gassi-Gänge, Mahlzeiteneingabe und abendliches Fernsehen. Das Paar musste peinlich darauf achten, die Wohnzimmertür geschlossen zu halten, da sich Polly sonst gern ins Zimmer einschlich. Dort wollte sie es lieber auf dem Sofa gemütlich machen, aber sie schaffte die Höhe nicht.

Polly wurde sehr präsent im Leben des Paares und versuchte mit Knurren und Bellen ihren Wohngenossen verständig zu machen, was ihr lieb und was ihr nicht genehm war. Überwiegend klappte diese Art der Kommunikation, und Polly integrierte sich gut in die Wohngemeinschaft. Man könnte auch sagen, Anne und Jona integrierten sich in Pollys vorgegebenen Tagesablauf und passten sich deren Bedürfnissen an.

Bemerkenswert war, dass Jona Gespräche mit Polly führte oder zu führen versuchte, wenn er mit ihr Gassi ging oder mit ihr allein in der Wohnung war. Er hatte das Gefühl, dass die Hündin ihn verstand und auf eine ihr mögliche Weise auch antwortete. Beispielsweise fragte er sie beim Gassi-Gehen: *Willst du noch ein paar Schritte machen oder wollen wir nach Hause gehen?* Wenn sie dann sofort kehrt machte, hatte sie ihn offenbar verstanden. Oder reagierte sie lediglich auf den Klang der beiden Wörter *nach Hause?* Als er fragte: *Wollen wir dein Frauchen besuchen?,* richtete sich Polly auf und bellte ihn in einer Weise an, als würde sie ihm begeistert zustimmen.

Jona war kein Freund der Haustierhaltung, aber in den Tieren sah er Geschöpfe, die nicht nur eine starke Beziehung zu den Menschen aufzubauen vermochten, sondern sich auch mit ihnen zu verständigen suchten. Er sah es bei Polly so und kannte es auch vom Rotkelchen, das im Winter auf seinem Balkon erschienen war.

Ein paar Tage nach der Operation besuchte Jona Hilde im Husumer Krankenhaus. Anne blieb bei

Polly in der Wohnung, da Hunde im Krankenhaus nicht geduldet wurden. Die Operation war gut verlaufen. Hilde sollte in ein paar Tagen zur Reha nach St. Peter-Ording, wo sie voraussichtlich zwei bis drei Wochen bleiben würde. Jona musste ihr versprechen, sie mit Polly dort zu besuchen.

Wie geht es meiner Polly? Benimmt sie sich gut?, fragte Hilde besorgt.

Sie ist gesund und munter. Sie hat es gut bei uns. Mach dir keine Gedanken, antwortete Jona.

In der Rehaklinik durfte Hilde in Begleitung einer Pflegekraft draußen auf einem Rollstuhl sitzend Polly endlich wiedersehen. Anne und Jona fanden es rührend, zu erleben, wie sich beide über die Begegnung freuten. Hilde nahm ihr Hündchen in den Arm und streichelte es, dabei kullerten ein paar Tränen über ihr Gesicht.

Ich hab dich so vermisst, meine Kleine. Bald werden wir beide wieder zu Hause sein.

Der Abschied von Polly und den Nielsens fiel Hilde sichtlich schwer.

Ich weiß gar nicht, wie ich euch dafür danken soll, dass ihr Polly zu euch genommen habt.

Machen wir doch gern, Tante Hilde. Hauptsache, du kommst bald wieder auf die Beine, und alles verheilt gut, sagte Anne und umarmte Hilde.

Bevor sich alle verabschiedeten, nahm Hilde Polly noch einmal auf den Arm und sagte zu ihr:

Paß gut auf die beiden auf, meine Kleine.

Ihr müsst wissen: Sie ist ein ausgezeichneter Wachhund, verbellt jeden, der mir zu nahe oder an meine Wohnungstür kommt.

Da es ein schöner Tag war, machten Anne, Jona und Polly noch einen Spaziergang am Strand. Dort begegneten sie zahlreichen Hunden, die Polly interessiert beschnupperten und sie zum Spielen animierten. Die nicht mehr junge Hundedame tollte ausgelassen mit ihnen herum, als sei sie noch im besten Jugendalter. Hinterher war sie jedoch so entkräftet, das Jona sie tragen musste.

Während das Paar später bei einem Kaffee in einem der Pfahlbau-Restaurants die grandiose Aussicht auf das Meer genoss, erholte sich Polly schlafend vor deren Füßen.

Zuerst empfanden Anne und Jona ihren Schützling noch fremd und sehr gewöhnungsbedürftig. Sie hatten noch nie ein Haustier besessen und nicht damit gerechnet, dass ein so kleiner Hausgenosse ihren Tagesablauf auf so einschneidende Weise bestimmen und ihnen so sehr ans Herz wachsen würde.

Als jemand aus der Klinik anrief und mitteilte, dass Hildes Reha-Maßnahme zwei Wochen länger als vorgesehen dauern würde, wussten die beiden nicht, ob sie sich sorgen oder freuen sollten.

Die Nachricht bedeutete, dass Polly noch bei ihnen sein würde, wenn ihre Reise mit dem Wohnmobil begann. Sie konnten Polly nicht mitnehmen. Das hieße aber, dass sie sie ins Tierheim bringen mussten. Tante Hilde würde das sicher entsetzen, aber auch Anne und Jona fühlten sich bei dem Gedanken unwohl.

Wenn sie sie doch mitnehmen würden: Wäre das für Polly nicht zu anstrengend? Was wäre, wenn Polly die langen Autofahrten nicht vertrug? Polly benötigte viel Schlaf, sie selbst wollten im Urlaub aber viel unternehmen. Sie fragten sich, ob sich Pollys Bedürfnisse und ihre eigenen Wünsche auf so einer Reise überhaupt vereinbaren ließen.

Wenige Tage vor Antritt ihrer Reise besuchten Anne, Jona und Polly nochmals Hilde in der Klinik. Mit Hilfe eines Rollators konnte sie schon wieder einigermaßen gehen. Aber noch war sie nicht sicher genug auf den Beinen, um nach Hause entlassen werden zu können.

Solange in der Klinik sein zu müssen ist schrecklich. Ich sehne mich nach Polly und nach meinen eigenen vier Wänden, klagte Hilde.

Als die Nielsens ihr von ihrer bevorstehenden Reise mit dem Wohnmobil und von ihrer Absicht erzählten, Polly mitzunehmen, rührte das Hilde sehr.

Ich finde es großartig, dass ihr euch sogar im Urlaub um Polly kümmern wollt. Dass ist wirklich sehr, sehr nett von euch. Ich glaube, Polly wird das Reisen lieben. Wie gern hätte ich ihr so etwas mal geboten. Aber dafür bin ich jetzt zu alt und gebrechlich.

Bevor du nach Hause kommst, werden wir von unserer Reise zurück sein und dir Polly wohlbehalten wiederbringen. Üb du nur tüchtig das Laufen, damit ihr beiden wieder zusammen spazieren gehen könnt, ermunterte Jona Hilde beim Abschied.

12

Sie schien den Aufbruch zu spüren. Während die Nielsens damit beschäftigt waren, Proviant und Reisekoffer im Wohnmobil zu verstauen, sprang und bellte Polly nervös wie ein junger Hund um sie herum. Unter ihren Artgenossen soll es solche geben, die gern im Auto reisen, und solche, die es schrecklich finden. Polly gehörte offenbar zur ersten Kategorie. Dafür waren Anne und Jona dankbar.

Polly hätte am liebsten einen Platz direkt hinter der Frontscheibe eingenommen. Aber das war für sie zu gefährlich und nicht erlaubt. Anne, die auf dem Beifahrersitz saß, hatte Polly auf ihren Schoß gesetzt. Die ersten Stunden wollte die Hündin den Platz auch nicht verlassen und schaute aufgeregt in die Welt, die sich vor ihr auftat. Erst als sie schläfrig wurde, konnte Anne sie in ihr Körbchen legen, ohne dass Polly wieder nach vorne kam und einen Logenplatz mit Ausblick beanspruchte.

Ein Urlaub mit Hündin, das würde eine neue Erfahrung für die Nielsens werden. Sie freuten sich auf die Ostsee, waren aber auch ein wenig besorgt, dass vielleicht Unvorhersehbares mit Polly passieren könnte.

Der Hafen von Wismar war ihre erste Station. Das Kreuzfahrtschiff *Astor* lag gerade vor Anker. Sie spazierten mit Polly an dem 176 Meter langen Schiff vorbei, dessen Dimensionen der Hündin offenbar Angst machten, denn sie fing an zu zittern. Auch vor großen Hunden zeigte sie diese Reaktion, obwohl sie sie gern mutig anbellte.

Nachdem das Paar in einem Fischlokal gespeist hatte, kehrte es zum Wohnmobil zurück und setzte seine Fahrt entlang der Ostseeküste fort, während Polly in ihrem Körbchen schlief.

In Zingst auf der Darßer Halbinsel parkten sie auf einem großen Wohnmobilstellplatz, der direkt hinter einem Deich lag. Hier wollten sie ein paar Tage bleiben, am kilometerlangen Strand spazieren, baden und Radtouren unternehmen. Polly würde im Fahrradkorb mitfahren, den sie extra für sie gekauft hatten.

Das Wohnmobil war erst drei Jahre alt, ziemlich komfortabel und mit vielen technischen wie auch konstruktiven Raffinessen versehen. Sein Innenleben mit den vielen Knöpfen und Bedienhebeln mussten sie immer wieder neu erforschen und in der Anleitung nachlesen. Mit Emma waren sie auf ihrer langen Skandinavienreise so vertraut wie mit ihrer eigenen Wohnung. Ihre jetzige Reise würde zu kurz sein, um in diesem Gefährt alles auf Anhieb finden und bedienen zu können. Aber sie kamen damit zurecht, und das war die Hauptsache.

Es gab hier auf der Halbinsel so viel zu entdecken: Schöne Dörfer, reetgedeckte bunte Häuser, wunderbare Landschaften, Wälder und Meeresstrände. Anne und Jona erkundeten die großartige Inselwelt überwiegend auf ihren Rädern und hatten Polly im Korb immer dabei. Sie schlief auf diesen Fahrten viel, wachte aber immer wieder auf und schien die Ausblicke zu genießen.

Doch als das Paar nach einem ihrer Ausflüge wieder auf dem Stellplatz zurückkam, zitterte Polly am ganzen Körper. Auch als sie eingepackt in eine Decke in ihrem Körbchen lag, hörte das Zittern nicht auf. Dann erbrach sie sich mehrfach und fand schließlich in den Schlaf.

Am nächsten Morgen zitterte Polly immer noch und ließ ihr Futter unberührt.

Anne und Jona machten sich große Sorgen um die Hündin und fuhren mit ihr in eine Tierarztpraxis, die sie übers Handy ausfindig machten.

Als die Ärztin Polly untersuchte und erfuhr, wie die Hündin die letzten Tage verbracht hatte, erklärte sie:

Polly ist ja schon eine ältere Hundedame. Die vielen Unternehmungen, die neue Umgebung. Das hat sie wohl überanstrengt. Sie sollten der Kleinen ein paar Tage Pause gönnen. Dann wird es ihr auch bald wieder besser gehen.

Es stimmte Anna und Jona traurig, dass sie es waren, die Pollys Zustand verursacht hatten. Hilde wäre entsetzt, wenn sie davon erfahren würde. Aber ein paar Tage Pause würde bedeuten, an Ort und Stelle zu bleiben. Das würde ihre Reiseplanung jedoch über den Haufen werfen.

Sie entschieden sich dafür, Zingst zu verlassen, zur Insel Rügen zu fahren, und sich dort in Langsamkeit zu üben.

Am äußersten südöstlichen Zipfel von Rügen, auf der Halbinsel Mönchgut, fanden sie einen Stellplatz in unmittelbarer Nähe des kleinen Fischerortes Gager. Das schien ihnen ein idealer Platz, denn dieser Teil der großen Insel war vom Tourismus nicht so überlaufen und hatte viel Natur und Ursprünglichkeit zu bieten.

Polly hatte fast den ganzen Tag geschlafen. Am Abend hörte sie auf zu zittern und aß auch wieder eine Kleinigkeit. Am nächsten Morgen machten die Nielsens mit Polly in einer Tragetasche einen Spaziergang zum Hafen. Zwei Fischerboote waren von ihren Ausfahrten zurückgekehrt und entluden gerade ihre Fänge.

Jona fragte einen alten Mann, der ein Netz flickte, wieviele Fischer es hier noch gäbe.

Vor der Wende waren wir über 120, jetzt sind es nur noch vier, die davon leben können. Hat sich viel geändert seit damals.

Anne setzte Polly, die unruhig in der Tasche zappelte, auf den Boden und legte ihr die Leine an. An einem Platz, wo Fische geschuppt und ausgenommen wurden, versammelten sich zahlreiche

Katzen. Polly machte Anstalten, sie zu verjagen. Aber für die ausgewachsenen Tiger war Polly eine zu kleine Portion, um sich vor ihr fürchten zu müssen. Sie gierten hier nach Fischabfällen und bekamen stets, was sie sich erhofften. Es schien ihre tägliche Futterquelle zu sein.

Was für ein idyllischer kleiner Hafen, so eine schöne Atmosphäre, und dieser Ausblick auf das Meer, sagte Anne voller Begeisterung.

Hier können wir jeden Tag frischen Fisch kaufen. Das ist wirklich ein guter Platz. Polly, was meinst du? Sollen wir hier bleiben?, fragte Jona. Polly bellte ihn zwei Mal an. Also stimmte sie offenbar zu.

Die Monate Mai und Juni nannten die Fischer die Buntfischzeit, in denen vor allem Barsche, Hechte, Hornfisch und Steinbutt ins Netz gingen. Jona kaufte zwei kleine, küchenfertige Steinbutte, die er in der Pfanne braten wollte.

Anne schlug Jona vor, dass einer von ihnen jeweils abwechselnd bei Polly bleiben, und der andere dann etwas allein unternehmen sollte. So würden beide mehr Freiraum haben, könnten ihren Interessen nachgehen, und Polly müsste nicht ständig mit umherreisen. Jona fand die Idee gut.

Nach dem Mittagessen nahm Anne ihren Malblock und suchte mit Polly einen schönen Platz am Hafen. Mit Bleistift wollte sie aus der Fülle sich bietender Motive das festhalten, was sie besonders anzog – Taue und Netzwerk, Anker, Stapel bunter

Kisten, die ungeputzten Fenster und Türen der Fischerboote. Während sie in aller Ruhe skizzierte, döste Polly vor ihren Füßen in den Tag und hob nur gelegentlich den Kopf, wenn ein Geräusch oder Möwengeschrei sie weckte.

Als Anne sich vor einem Fischerboot postierte und dessen Bug zeichnete, sprach sie der Fischer, dem das Boot gehörte, an und fragte, ob er das Bild kaufen könne.

Eigentlich verkaufe ich meine Bilder nicht, außerdem ist es noch gar nicht fertig, antwortete Anne. Sie sah dem Mann in sein wettergegerbtes, unrasiertes Gesicht. Er lächelte sie an.

Wäre wohl auch zu teuer für mich, oder?

Ich male es noch zu Ende. Wenn es Ihnen dann immer noch gefallen sollte, schenke ich es Ihnen.

Der Fischer bedankte sich für das Angebot und wandte sich wieder seiner Arbeit zu. Anne aquarellierte ihre Zeichnung und winkte den Fischer zu sich. Der schaute sich lange das fertige Bild an.

Ein schönes Bild haben Sie da von meinem Schiff gemalt. Das wollen Sie mir wirklich geben?

Der Fischer bestand darauf, es zu bezahlen, aber Anne wollte kein Geld dafür.

Dann bringe ich Ihnen aber jeden Tag, solange sie hier sind, frischen Fisch. Gratis, versteht sich.

Anne nahm seinen Vorschlag an, obwohl sie wusste, dass sie nur noch zwei Tage bleiben würden.

Jona war mit dem Rad unterwegs, um die nähere Umgebung zu kennenzulernen. Viele Wege lagen dicht am Wasser und eröffneten ihm immer wieder schöne Ausblicke auf das Meer. Andere führten durch lichte Waldgebiete in kleine Dörfer und Siedlungen mit schmalen gepflasterten Straßen vorbei an Häusern und Gärten, die den Charme einer vergangenen Zeit atmeten, in der die Menschen beschaulicher lebten.

Auf dem Hof eines Fischers kaufte sich Jona ein Brötchen mit geräucherter Makrele. Vor dessem improvisierten Stand reihten sich viele Hungrige. Sie mussten etwas länger warten, da er keine fertige Ware anbot, sondern erst nach Bestellung ein Brötchen aufschnitt, Gemüsebeilagen und den gewünschten Fisch darin einlegte und den Imbiss anschließend dem Gast überreichte. Es war der eigene Fang, den der junge Fischer verkaufte. Er räucherte und marinierte alles selbst und verlangte einen äußerst bescheidenen Preis für einen Imbiss, den ein Sterne-Restaurant an Frische, Qualität und Geschmack kaum übertreffen konnte.

Am Abend suchten Anne und Jona eine Bank am Hafen auf, um den Ausblick auf das Meer und die Abendsonne zu genießen. Sie hatten sich ihr Abendbrot mitgenommen: Belegte Brote, etwas Obst und Gemüse und dazu einen leichten Moselriesling. Polly hatte sich wieder zu ihren Füßen gelegt und war offensichtlich zu müde, um nach streunenden Katzen und kreisenden Möwen Ausschau zu halten.

Jona unterhielt sich gern mit den Fischern, denen er im Hafen begegnete. Hier spazierten immer viele Touristen und suchten wie er das Gespräch mit ihnen. Aber wenn die Fischer von ihrer Fangreise zurückkehrten, hatten sie noch manches zu tun und waren auch müde von der Arbeit, während die ausgeruhten Hafenbesucher viel Zeit mitbrachten. Da trafen zwei unterschiedliche Welten zusammen. Dass einige Fischer auf die immer gleichen Fragen, etwa *Wie war der Fang denn heute?*, eher unwillig oder gar nicht antworteten, war verständlich.

Die kleine Hündin wurde auf dieser Reise für Anne und Jona immer mehr zu einer lieben Vertrauten, um die sie sich sorgten, mit der sie mitfühlten, auf die sie aufpassten. Sie sprachen mit ihr wie mit einem Familienmitglied. Polly brachte sie oft zum Lächeln und bereicherte ihr Leben. Wenn sie im Wohnmobil in ihrem Körbchen schlief und ihr leises Schniefen zu hören war, gab dies dem kleinen Raum auf Rädern etwas sehr Behagliches und Wohltuendes.

Am nächsten Tag machte sich Jona, dieses Mal in Begleitung von Anne und Polly, die im Körbchen mitfuhr, nochmals auf den Weg zu dem Dorf, in dem er den Imbissverkäufer getroffen hatte.

Ich hab heute meine Frau mitgebracht. Wir wollen noch mal das leckerste Fischbrötchen, das ich je gegessen habe, bei Ihnen kaufen, sagte Jona und gab seine Bestellung auf.

Freut mich, erwiderte der junge Mann und fragte nach den gewünschten Beilagen zum Brötchen.

Wenige Kilometer südlich von Gager lag Thiessow. Dort am Hafen schlenderten Anne und Jona am dritten Tag ihres Rügenbesuchs über einen großen Markt mit Manufakturen und Kunsthandwerkern aus ganz Vorpommern. Sie mochten solche Märkte und staunten über die Vielfalt liebevoll gestalteter kleiner und großer Dinge, die hier feilgeboten wurden.

Am Nachmittag brachen sie dann in Richtung Usedom auf, die ihre letzte Station sein sollte.

Mehrere Plätze auf der Insel waren bereits ausgebucht. In einem Waldareal in der Nähe des Seebades Heringsdorf fanden sie noch einen Stellplatz. Obwohl erst Vorsaison herrschte, war Usedom bereits mit Gästen überlaufen. Das lag sicher an den ungewohnt sommerlichen Temperaturen zu Beginn dieses Juni-Monats. Polly litt unter dem warmen Wetter und suchte gern einen Schattenplatz unter dem Wohnmobil auf.

Auf der wunderschönen zwölf Kilometer langen und breiten Strandpromende entlang der Seebäder Bansin, Heringsdorf und Ahlbeck zu radeln, war für das Paar das reinste Vergnügen. Sie führte sie bis zum polnischen Swinoujscie, früher Swinemünde. An der Promenade reihten sich prachtvolle Villen und Hotels aneinander, die noch aus der Kaiserzeit stammten, und im Sonnenlicht glanzvoll erstrahlten.

Für die Nielsens versammelten sich an diesem Ort zu viel Hochglanz und Menschen. Schon am nächsten Tag zogen sie mit dem Wohnmobil auf einen Stellplatz ans ruhigere Achterwasser im Süden der Insel, wo sie eine großartige Naturlandschaft direkt vor ihrer Tür vorfanden. Auf ihren Radtouren sahen sie seltene Wildtiere wie Fuchs, Dachs, Seeadler und Kranich und entdeckten Kleinode dörflicher Wohnkultur. Hier fanden sie genau das, was sie suchten.

Beide spürten, wie gut ihnen die Stille und Abgeschiedenheit dieses Landstriches tat und wie hart der Kontrast war, wenn sie nur wenige Kilometer weiter wieder in den Touristentrubel gerieten.

Sie hatten ihre Reise und ihren Alltag verlangsamt und gewannen dadurch mehr innere Ruhe und Gelassenheit. Polly profitierte auch davon. Sie sahen, dass es der Hündin gut ging. Sie schien in der Zeit, in der sie bei ihnen war, auch schlanker geworden zu sein. Das war sicher das Ergebnis von viel frischer Luft, reichlicher Bewegung und eines reduzierten Speiseplans.

Nach einem ausgedehnten Frühstück unter freiem Himmel verstauten Anne und Jona alle Sachen, die sie draußen aufgebaut hatten, leerten WC-Kanister und Brauchwasser und machten sich auf die Heimreise. Es war ihr zehnter und letzter Reisetag. Am späten Nachmittag, so schätzten sie, würden sie in Schleswig eintreffen und ihr Wohnmobil abgeben können.

Die Reise entlang der Ostseeküste war eine ganz andere als die durch Skandinavien. Das hatte auch mit Emma zu tun. Sie hatten sie wie eine Gefährtin betrachtet und sich in ihrer engen Hülle heimisch gefühlt. Das Wohnmobil, mit dem sie jetzt unterwegs waren, bot ihnen zwar auch Geborgenheit. Aber viel mehr als ein rollender Schlafplatz war es nicht für sie. Zu kurz war die Zeit, um sich auch mit ihm besser anfreunden zu können.

Polly hatte die Ostseereise für die Nielsens besonders gemacht. Die kleine Hündin gab ihnen das Gefühl, als Familie unterwegs zu sein. Dabei hatten sie immer im Blick, dass es ihrer Begleiterin gut ging und sie in einem ihr gemäßen Tempo reisten. Lieber verzichteten sie auf einen Ausflug oder eine Sehenswürdigkeit, als dass sie Polly überforderten. Auf dieser Reise in kurzer Zeit viel zu sehen und zu erleben war eigentlich ihr Vorsatz. Aber durch Polly kamen sie davon ab. Die Nielsens bedauerten das nicht, denn so erlebten sie ihre Reise um so intensiver.

Leichte Regenschauer zogen über die Stadt als sie am Abend wieder Husumer Boden erreichten. Polly begann zu zittern, denn Regen mochte sie nicht; sie hatte regelrecht Angst davor. Jona packte sie in eine Tasche und schützte sie so vor ihm.

Am nächsten Morgen schien die Sonne und ließ Dunstschwaden über dem regennassen Straßenpflaster aufsteigen. Hilde war aus der Reha noch nicht zurückgekehrt, so dass Polly noch ein paar Tage bei ihnen bleiben würde. Darüber waren Anne und Jona froh, denn sie hatten das kleine Wesen in ihr Herz geschlossen.

Jona flanierte mit Polly wieder auf dem Bürgersteig und kaufte beim Bäcker frische Brötchen. Als er mit Anne auf dem Balkon frühstückte, sahen beide, wie Willi auf dem Postrad gerade in die Straße einbog.

Gestern um diese Zeit waren wir noch auf Usedom und frühstückten draußen inmitten der wunderschönen Landschaft. Waren wir wirklich dort? Ich habe das Gefühl, nur geträumt zu haben, wunderte sich Anne.

Die Stadt hat uns wieder. Leider müssen wir uns hier ja noch um ein paar Dinge kümmern, sagte Jona und zwinkerte Anne zu, während Polly ihre Mahlzeit aus dem Fressnapf aß.

Moin, moin!, rief Willi zu ihnen hoch. *Ihr seid ja wieder da. Dann kommt die Post auch wieder direkt in euren Briefkasten. Aber heute ist nichts für euch dabei. Habt einen schönen Tag!*

Du auch, Willi!, entgegnete Jona und winkte ihm fröhlich zu.

Als ein paar Tage später in der Straße ein Taxi vorfuhr und Hilde ihm entstieg, standen Anne, Jona und Polly auf dem Bürgersteig, um sie zu begrüßen. Polly sprang ihr bellend entgegen und freute sich überschwenglich über das Wiedersehen.

Meine Polly, endlich hab ich dich wieder. Es war schwer, so lange ohne dich zu sein.

Hilde streichelte Polly, konnte sie aber nicht in den Arm nehmen, da sie sich auf Krücken stützen musste.

Anne und Jona begleiteten Hilde bis zu ihrer Wohnung und boten ihr an, zu helfen, falls sie irgendeine Unterstützung brauchen sollte.

Dass ihr euch so lieb um Polly gekümmert habt, war schon eine große Hilfe für mich. Es wäre sehr nett von euch, wenn ihr die nächsten Tage noch mit Polly Gassi gehen und ein paar Einkäufe für mich machen könntet.

Das machen wir doch gern, sagte Anne, und Jona stimmte zu.

13

*S*ollten *wir dem Vermieter nicht bald reinen Wein einschenken?*, fragte Anne.

Ich weiß nicht, ob das so klug wäre, sagte Jona.

Es wäre aber fair. Und wir wüssten, wie Sören Dethlefsen reagiert, wenn wir ihm sagen, dass wir erst im nächsten Jahr ausziehen, meinte Anne.

Als Jona Sören Dethlefsen am Telefon erzählte, dass sie ein Haus bauen wollen und erst im kommenden Frühjahr einziehen können, kam erst einmal keine Reaktion von dem Angerufenen. Er schien sich die daraus entstehende Lage erst klarzumachen.

Der Auszugstermin zum 31. August steht ja fest. Wo wollen Sie denn bis zum Frühjahr bleiben?

In unserer Wohnung, Herr Sörensen, wo denn sonst?, entgegnete Jona. *Wir hoffen, dass Sie die Kündigung bis zur Fertigstellung unseres Hauses verschieben können. Es ginge ja nur um wenige Monate.*

Das geht nicht. Ich hatte Sie rechtzeitig genug darüber informiert, dass ich die Wohnung zum Herbst beanspruche. Wenn Sie sich mit der Wohnungssuche so viel Zeit lassen und Ihnen jetzt einfällt, lieber ein Haus zu bauen als eine Wohnung zu suchen, dann ist das nicht mein Problem.

Sie werden die Wohnung bis zum 31. August räumen müssen. Da gibt es kein Vertun, tut mir leid.

Das waren klare Worte, die Jona erst einmal verdauen musste. Allerdings hatte er auch nicht wirklich damit gerechnet, dass Dethlefsen den Kündigungstermin ohne weiteres verschieben würde. Er hatte darauf gehofft, dass ein gewisser Spielraum möglich wäre. Vielleicht benötigten die Schwiegereltern die Wohnung noch nicht so bald. Möglicherweise waren sie als Kündigungsgrund nur vorgeschoben, und die Wohnung sollte nur gewinnbringend verkauft werden – ohne lästige Mieter.

Was können wir denn machen?, fragte Anne besorgt, als Jona ihr von dem Telefonat erzählte.

Einfach nicht ausziehen. Er müsste uns rausklagen, denke ich. Bis ein Gericht das entschieden hat würden wohl mehrere Monate vergehen, und mit etwas Glück können wir bis zum Frühjahr die Wohnung behalten.

Das wäre aber kein guter Weg, und ich hätte Bauchschmerzen mit so einem Streit. Aber eine andere Lösung weiß ich auch nicht, gestand Anne.

Jona studierte auf Internetseiten, was zum Stichwort *Räumungsklage* auffindbar war. Danach sollte ein solches Verfahren sechs bis zwölf Monate dauern. Außerdem, so hieß es, könnte der Beklagte Räumungsschutz beantragen, wenn Obdachlosigkeit drohte oder keine Ersatzwohnung gefunden werden könne. Diese Informationen beruhigten ihn und auch Anne, als er ihr davon berichtete.

Wir müssen also nicht fürchten, am 1. September auf der Straße zu landen. Wenn Dethlefsen tatsächlich auf Räumung klagen sollte, würde wir so lange bleiben können bis unser Haus fertig ist, schätzte Jona ihre Situation ein.

Wahrscheinlich brauchen wir nicht mal einen Anwalt. Aber wenn es soweit ist, und du das möchtest, können wir auch gern um seinen Beistand bitten.

Es wurde ein heißer, trockener Sommer. Auf ihrem Balkon war es schon morgens so warm, dass es das Paar vorzog, in der Küche zu frühstücken. Erst spät am Abend kühlte es draußen so weit ab, dass Anne und Jona wieder ihren Balkon nutzen konnten.

Hilde sah man seit einigen Wochen ohne Krücken, aber mit Rollator, wieder einigermaßen sicher auf den Beinen. Sie führte Polly wieder allein aus, besorgte ihre Einkäufe und verpasste bei gutem Wetter keinen Wochenmarkt.

Anne lud Hilde und Polly, ein anderes Mal Frau Johannsen und ihre Tochter zum Kaffee ein. Bald würden die Nielsens die neuen Nachbarn von Frau Johannsen sein und sich von Hilde und der Hündin verabschieden müssen.

An dem Tag, als Anne und Jona Polly zurückgaben, und sich von der Hündin verabschiedeten, war ihre kleine Freundin hin- und hergerissen. Zuvor war sie den Nielsens überall hin gefolgt. Jetzt, wo sie wieder bei ihrem Frauchen war, wusste sie nicht mehr, zu wem sie gehörte. Als die Nielsens gingen, blickte Polly ihnen mit großen Augen fragend und traurig hinterher, als wollte sie sagen: *Wollt ihr mich denn nicht mehr haben?* Sie schien verstört, und Anne und Jona tat der Abschied weh. Aber es tröstete die beiden, dass sie Polly in ihrer Nähe wussten und sie fast jeden Tag beim Gassigehen sehen würden.

Wenn Hilde mit Polly bei ihnen vorbeischaute, nahm die Hündin sofort ihren Küchenplatz ein. Dort stand für sie immer noch das Körbchen, das die Nielsens extra für Polly angeschafft hatten. Anne und Jona freuten sich, Polly wieder um sich zu haben, wenn auch nur für Momente. Polly sah deren Wohnung als ihr zweites Zuhause an. Die Nielsens freuten sich, dass die Hündin sich so wohl bei ihnen fühlte.

Anne und Jona befassten sich nun mehr und mehr mit der Planung der Innenausstattung ihres Hauses. Sie mussten sich für Boden- und Wandbeläge, für die Küchen- und Badeinrichtung, für Wandfarben, Möbel, Leuchten und für ein Holzofenmodell ent-scheiden.

Die Baufirma hatte im Vertrag preisliche Vorga-ben gemacht. Die wollten sie nach Möglichkeit nicht überschreiten. Oke Bahnsen arbeitete mit einem Baumarkt und einem Fenster- und Türenhersteller aus der Region zusammen. Dort fand das Paar ein großes Angebot an Bauelementen, aus dem sie wählen konnten. Manches fanden sie aber auch bei Händlern im Internet. Die Nielsens wünschten sich dänische Holzfenster und ebenfalls eine hölzerne Haustür. Oke Bahnsen wollte sich darauf aber nicht einlassen. Er favorisierte bei diesen Elementen Kunststoff, da er für mögliche Schäden am Haus eine Gewährleistung von fünf Jahren übernahm und bei der hölzernen Variante Probleme befürchtete.

Dem Paar blieb nichts anderes übrig, als Oke Bahnsens Wahl zu akzeptieren, anderenfalls wäre es nicht zu einem Vertrag mit ihm gekommen.

Die Holzverschalung des Hauses würde im Verlauf der Jahre einige Anstriche bedürfen. Die Kunststoffelemente benötigten keine Pflege und versprachen lange Haltbarkeit. So betrachtet waren die Nielsens eigentlich ganz froh über Oke Bahnsens Festlegung.

Anne und Jona zog es nun oft in Baumärkte, Fliesen-, Küchen- und Ofenstudios. Es machte ihnen Spaß, das Innenleben ihres Hauses zu gestalten. Das Angebot bei den Händlern war so riesig, dass es sie aber auch anstrengte, alles zu betrachten und eine Wahl zu treffen.

Bei den Küchenelementen entschieden sie sich für die Produkte einer schwedischen Möbelkette, die in preislicher Hinsicht konkurrenzlos und in den Zuschnitten sehr variabel war.

Die Wahl des Ofens schien ihnen von besonderer Bedeutung. Er würde die einzige Wärmequelle im Haus sein, müsste demnach eine ausreichende Heizleistung bieten und sollte möglichst wenig Platz beanspruchen. Wie sie bald herausfanden, gab es nur zwei oder drei Modelle, die überhaupt in Frage kamen.

Ihre Wahl fiel auf einen kleinen gusseisernen Holzofen. Laut dessen Hersteller sollte er ihr ganzes Haus problem beheizen können. Was noch zusätzlich für ihn sprach: Er besaß eine richtige Kochplatte, dazu die Möglichkeit, sich die Verbrennungsluft von draußen zu holen, einen günstigen Preis und eine attraktive Erscheinung. Dieser Winzling würde optimal zu ihrem Haus passen, fanden die Nielsens.

Je mehr sie sich in die Planung der Innengestaltung vertieften, umso größer wurde die Vorfreude auf ihr Eigenheim. Darin mischte sich aber auch die Sorge um den weiteren Verbleib in ihrer Wohnung und um den termingerechten und reibungslosen Bau des Hauses. Anne hatte oft Albträume, in denen sie das Haus verunstaltet, unfertig oder im Format eines Puppenhauses sah. Auch träumte sie davon, mit ihrem ganzen Hausstand auf der Straße zu leben. Die Ungewissheit über das Kommende strapazierte nicht nur Annes Nerven.

Der erste Spatenstich auf ihrem Grundstück würde noch Monate auf sich warten lassen. Aber ihr Hausprojekt beschäftigte die beiden schon jetzt zunehmend emotional und kostete ihnen Kraft. Was würde da noch alles auf sie zukommen, fragten sich die beiden.

Als der August begann, sahen beide etwas sorgenvoll dem Monatsende entgegen. Wie würde sich der Vermieter verhalten? Würde er sie wirklich auf Räumung verklagen? Sollten sie schon mal vorsorglich ihren Rechtsanwalt in Anspruch nehmen?

Sie saßen an diesem Vormittag in der Küche und stellten sich diese Fragen, als ihr Telefon klingelte. Jona nahm den Hörer ab.

Holzbau Bahnsen, Marit Boysen. Guten Morgen, Herr Nielsen. Ich hab eine gute Nachricht für Sie und Ihre Frau. Wir können mit dem Hausbau bereits im Oktober beginnen. Ein Kunde musste sein Bauvorhaben leider aufgeben, so dass wir nun Kapazitäten frei haben und Ihr Haus in Angriff nehmen können. Wären Sie einverstanden?

Das ist ja großartig!, rief Jona. Dann blickte er zu seiner Frau und streckte den Hörer triumphierend in die Höhe.

Wir bauen das Haus, Anne! Es geht los!

Anne schaute ihn ungläubig an. Sie verstand erst nicht, was er damit meinte. Dann begann sie zu realisieren, um was es ging, und sie lächelte.

Sind Sie noch dran, Frau Boysen? Das ist eine sehr gute

Nachricht. Wir sind natürlich einverstanden. Was gibt es von unserer Seite nun zu tun?

Sie sollten eine Firma beauftragen, die möglichst bald das Grundstück für den Bau vorbereitet. Da es bei dem Haus einiges zu berücksichtigen gibt, sollten wir mit der beauftragten Firma genaue Absprachen über Ausschachtungen und Untergrundaufbau treffen. Es wäre auch zu prüfen, ob der vorhandene Boden für das gewählte Fundament geeignet ist. Die Vorfertigung des Hauses wird in unserem Betrieb erfolgen. Gern laden wir Sie zu gegebener Zeit ein, damit Sie sich die Herstellung bei uns einmal anschauen können. Bei Fragen können Sie sich jederzeit gern an mich wenden, erklärte Frau Boysen.

Jona befürchtete, dass ihre Ersparnisse nicht ausreichen würden, um alle Ausgaben und Nebenkosten für den Hausbau begleichen zu können. Deshalb fragte er bei seiner Bank nach einem möglichen Kredit in Höhe von 15.000 bis 20.000 Euro. Der Berater sah kein Hindernis für eine Zusage, da seiner Meinung nach ausreichende Sicherheiten bei dem Paar vorhanden waren.

14

Bereits in wenigen Wochen würde das Haus in Rödemis aufgestellt sein. Die Nielsens übermittelten der Bauleiterin eine Liste mit ihrer Auswahl der Fliesen, der Badkeramik und -armaturen, des Holzparketts und der gewünschten Wandfarbe. Marit Boysen ließ sie wissen, dass für die Errichtung des Rohbaues voraussichtlich nur zwei Tage benötigt wurden. Den nachfolgenden Innenausbau veranschlagte sie mit drei bis vier Wochen, so dass der Einzug etwa Mitte November erfolgen könne.

Auf einmal sollte alles so schnell gehen. Darauf waren Anne und Jona nicht gefasst, aber sie freuten sich, wie die Dinge sich nun entwickelten. Den kommenden Winter würden sie bereits im eigenen Haus verbringen – vor einem brennenden Feuer im Ofen und mit Blick auf den großen Garten von Frau Johannsen.

Jona wollte keine Zeit verlieren und suchte Harm Feddersen in dessen Gartenbaubetrieb auf und fragte ihn, ob er mit seinen Leuten das Baugrundstück herrichten könne.

Ich mach dir einen Vorschlag, sagte dieser, nachdem er kurz überlegt hatte. *Du kannst dir alles, was du an Maschinen und Geräten brauchst, gern bei mir ausleihen.*

Vielleicht haben meine Mitarbeiter an einem Wochenende Zeit und helfen dir auf der Baustelle.

Das ist sehr freundlich von dir, Harm. Das Angebot nehme ich gern an. Melf, Heinrich und Andreas will ich bei nächster Gelegenheit mal ansprechen.

Am Abend rief Melf, Jonas früherer Arbeitskollege, an:

Harm hat uns erzählt, dass du Hilfe gebrauchen könntest. Ist doch klar, Jona, dass wir unseren alten Kumpel nicht im Stich lassen. Sag uns Bescheid. Wir kommen.

Jona war gerührt über den spontanen Anruf und die Zusage der Männer, ihm zu helfen.

Bereits am übernächsten Wochenende rückten die Männer mit dem halben Fuhrpark der Firma in Rödemis an und verwandelten das abgeteilte Gartengrundstück innerhalb weniger Stunden in einen leergeräumten Bauplatz. Nah an dessen Grenze im Garten von Frau Johannsen stand mittig der große Kirschbaum wie ein Wächter, der den Maschinen Einhalt gebot.

Für Jona war es wie früher, als er noch in der Firma arbeitete. Mit seinen einstigen Kollegen gemeinsam anzupacken, gab ihm ein gutes Gefühl. Alle waren erschienen und opferten ihre Freizeit, um ihm zu helfen. Jona war dankbar und glücklich.

Als er am Abend müde nach Hause kam, strahlte Anne ihn an:

Stell dir vor, Sören Dethlefsen hat angerufen und uns angeboten, den Kündigungstermin zu verschieben. Sein Schwiegervater ist gestürzt und hat sich den Oberschenkel gebrochen. Er ist operiert worden und kommt in ein paar Tagen in die Reha-Klinik. An Umzug ist für die Schwiegereltern erst mal nicht zu denken. Sie werden vorerst noch in ihrem Haus wohnen bleiben.

Hast du ihm erzählt, dass wir schon im Oktober bauen?, fragte Jona.

Natürlich. Er sagte, es sei in Ordnung, wenn wir noch bis Ende des Jahres die Wohnung behalten wollen. Er würde unserer Aussage, dass wir in Kürze ausziehen, vertrauen und nichts weiter veranlassen, also keinen neuen Kündigungstermin festsetzen. Was für ein Glück wir doch haben, Jona. Und nach einer Pause fügte sie hinzu: *Leider durch das Unglück einer anderen Person.*

Alles fügte sich auf wunderbare Weise. Als der Monat August sich seinem Ende näherte, drohte dem Paar nichts mehr, im Gegenteil, nun sahen sie mit Freude ihrem baldigen Wohnungswechsel entgegen.

Bis zum Baubeginn dauerte es noch mehrere Wochen. Anne und Jona hatten alle Entscheidungen und Vorbereitungen getroffen, die für ihr Hausprojekt notwendig waren. Jetzt konnten sie eigentlich nur noch warten. Sie wollten die verbleibende Zeit nutzen, um gemeinsam oder auch allein Dinge zu tun, die ihnen gut taten und sie ablenkten.

Anne traf sich nun öfter mit ihren Freundinnen aus dem Chor, lud gelegentlich Hilde und Polly zu sich ein und malte wieder häufiger.

Jona baute weiter an seinen historischen Hausmodellen und suchte jetzt regelmäßig den Hafen auf, um sich frische Krabben zu holen. Denn im September begann die Hochzeit der Krabbenfischerei. Die kleinen Meerestiere kamen nun in großer Zahl in Küstennähe und hatten über den Sommer an Größe zugelegt.

Helmut, ein Rentner, der mit seinem kleinen Kutter den Krabbenfang nur noch als Hobby betrieb, fuhr nicht mehr regelmäßig zum Fischen aufs Meer hinaus. Aber in den Herbstmonaten war er oft mit seinem Kutter auf Fangfahrt. Wenn er von ihr zurückkam und am Außenhafen anlegte, erwartete ihn bereits seine Frau Elke, um die Krabben an ihre Kunden zu verkaufen. Vorher hatte sie an der Straße ein Schild aufgestellt, das die Ankunft des Kutters ankündigte. Die beiden waren hier am Hafen seit Jahren ein eingespieltes Team.

In der Herbstzeit kaufte Jona einmal pro Woche an Elkes improvisiertem Stand frische Krabben und unterhielt sich gern mit ihr und ihrem Mann. Schon länger war ihm in den Sinn gekommen, auf einem Kutter mit hinaus zu fahren, um die Fischerei auf See hautnah zu erleben. Eines Tages fragte er Helmut, ob er ihn mal mitnehmen würde.

Als Tourist oder als Helfer? Wenn du auf meinem Schiff arbeiten willst, würde ich „ja" sagen und „nein", wenn du nur rumstehen und zugucken wolltest, antwortete der Fischer.

Was zahlst du denn die Stunde?, scherzte Jona.

Wenn du ein guter Helfer bist, fallen für dich ein paar Krabben ab. Die Fahrt und eine frische Meeresbrise kriegst du kostenlos dazu, gab Helmut zurück.

Ein paar Tage später heuerte Jona auf dem Kutter an. Draußen auf dem Meer schaukelte das kleine Schiff auf den Wellen. Jona spürte leichten Schwindel, aber richtig seekrank wurde er nicht. An verschiedenen Stellen in Küstennähe senkte der Fischer das Netz in die Tiefe, machte langsame Fahrt und holte das Geschirr nach einer gewissen Zeit wieder an Deck.

Der Fischer und sein Helfer sortierten immer wieder den Beifang aus und warfen ihn über Bord.

Nach mehrstündiger Fahrt steuerte Helmut den Kutter wieder in den Hafen. Jona war froh, wieder festen Boden unter seinen Füßen zu spüren.

Hat dir die Tour gefallen? Möchtest du mal wieder mitfahren?, fragte Helmut verschmitzt. Denn er sah wie abgekämpft sein Helfer war.

War 'ne schöne Erfahrung, Helmut. Aber einmal reicht. Jetzt weiß ich, wo meine Krabben herkommen.

Belohnt mit einer großen Plastiktüte voll Krabben und mit flauem Magen machte sich Jona auf seinem Rad etwas unsicher auf den Weg nach

Hause. Amüsiert schauten ihm Elke und Helmut hinterher.

Anne mochte Krabben nicht so gern, mochte auch nicht, dass Jona sie in der Küche pulte. So verzog er sich auf den Balkon. Am liebsten aß er die Krabben auf einer Scheibe Vollkornbrot mit einem Spiegelei darüber. Eingelegt in süßsaurem Gelee mit Zwiebeln und Gewürzen waren eine andere von ihm geschätzte Spezialität. Zu einer Krabbensuppe ließ auch Anne sich gern einladen, schwammen darin doch nur wenige von den Tierchen.

Für Jona war der Herbst die schönste Jahreszeit. Das Meer schenkte ihm große Krabben, der Wald reiche Pilzernten, die Knicks Holunderbeeren und Streuobstwiesen in der Umgebung eine große Auswahl alter Apfelsorten.

Seit dem Tod ihrer Freundin Agnes war Anne nicht mehr auf Amrum gewesen. Mir ihr hatte sie wunderbare Urlaubstage auf der Insel erlebt. Jetzt nach so vielen Jahren fürchtete sie nicht mehr, in Traurigkeit zu verfallen, wenn sie dort die Orte und Plätze wiedersah, die sie damals mit Agnes so gern aufgesucht hatte.

Sie bat Jona, mit ihr für einen Tag auf die Insel zu reisen. Von Nordstrand gelangten sie bei schönstem Wetter mit dem Schiff nach Amrum, leihten sich Fahrräder und befanden sich plötzlich in einer anderen Welt. Alles auf der Insel war so anders im Vergleich zu dem Kleinstadtleben in Husum: Die Luft, die Gerüche, die Langsamkeit der entspannten Urlauber und Einheimischen, die schönen Häuser, der weite Sandstrand.

Es war so befreiend und belebend, nur diesen einen Tag auf der Insel zu sein. Vielleicht, so sagten sich die beiden, würden sie im nächsten Jahr eine Woche dort verbringen.

Hilde fragte Jona, ob er Polly gelegentlich ausführen würde, da es ihr doch schwerfiele, mit ihr dreimal am Tag eine Runde zu drehen. Jona sagte es zu und freute sich darauf, mit Polly spazieren zu gehen. Er machte den Versuch, sie durch den Schlosspark zu führen. Und siehe da, sie war nicht abgeneigt, obwohl es nicht ihre Strecke war.

Im Park schnüffelte sie alle paar Meter an irgendwelchen Stellen herum. Das große Gelände zu markieren überforderte sie. Der überschaubare Bürgersteig in ihrer Straße war eine wesentlich leichtere Aufgabe. Möglicherweise kam daher ihre Abneigung gegen den Park, wenn Jona früher diesen Weg mal mit ihr versucht hatte. Auch waren ihre kurzen Beine für Langstrecken nicht sonderlich geeignet.

Wenn Jona sich mit Polly unterhielt, schaute sie oft zu ihm auf, als wollte sie in seinem Gesicht lesen, was er meinte. Auf dem langen Weg durch den

Park begegneten sie mehreren großen Hunden. Schon beim ersten fing sie an zu zittern und schaute ängstlich zu Jona auf. Er nahm Polly auf den Arm und trug sie den Rest der Strecke bis zur ihr nach Hause.

Die letzten Septembertage waren nach einer kurzen Schlechtwetterperiode warm und trocken. Anne und Jona holten noch mal ihre Räder hervor, um einen Ausflug nach Nordstrand zu unternehmen.

Bis auf die Mais- und Kartoffelschläge waren inzwischen alle Felder abgeerntet worden. Auch die Deiche und das Vorland waren von den Schafen weitgehend abgegrast. Malerische Wolkenberge türmten sich am blauen Himmel und herbstliche Stimmung lag über dem Land.

Mitten unter die Schafe am Fuß des Deiches setzten sich Anne und Jona auf eine Decke, tranken einen Tee und stärkten sich mit einem kleinen Imbiss. Sie schauten auf das Meer, das sich still und grünlich schimmernd vor ihnen ausbreitete. Nur ein Krabbenkutter zog weit draußen einsam seine Bahn.

Schön, dass wir noch mal hierher gekommen sind, sagte Anne wie zu sich selbst. *Vielleicht ist es das letzte Mal in diesem Jahr, dass wir so eine Tour machen. Wir müssen nur ein paar Kilometer fahren, und schon kommen wir an diesen wundervollen Platz.*

Nach einer Pause fügte sie hinzu: *Jona, ich denke jetzt oft an unser Häuschen und freue mich schon so sehr darauf, es mit dir zu bewohnen.*

15

Die Hauselemente sind jetzt weitgehend vorgefertigt. Wenn Sie sich das mal anschauen möchten, kommen Sie doch gern vorbei, sagte Marit Boysen am Telefon.

Jetzt war der Moment da, das Hausbauprojekt kam in die entscheidende Phase. Anne und Jona wollten unbedingt alle Stufen seiner Entstehung hautnah miterleben.

Die Bauleiterin führte die beiden durch den großen Zimmereibetrieb, in dessen Hallen die Bauteile der Holzhäuser mit computergesteuerten Maschinen millimetergenau gesägt und gefräst wurden. Auf riesigen Tischen fügten Handwerker die Teile zu kompletten Außenwänden zusammen.

Schließlich betraten sie ein Halle, in der das Paar die für ihr Haus bestimmten grau gestrichenen Außenelemente erkannte. Es waren schmale Tafeln gleichen Formats mit Fenster- und Türausschnitten. Erst auf der Baustelle würden sie zu einer runden Außenhülle zusammengefügt werden. Lediglich die Innenwände waren bereits im Fertigmaß erstellt.

Vor ihnen lag fast der komplette Bausatz ihres zukünftigen Häuschens, das schon in der nächsten Woche, sofern das Wetter mitspielte, an Ort und Stelle aufgestellt werden sollte.

Anne ergriff Jonas Hand und sah ihm in die Augen. Niemand sagte etwas in diesem Moment. Es bedurfte keiner Worte, um ihn zu kosten. Es war wie der Anfang einer Reise, der sie an einen schönen Ort führen sollte.

Zu Beginn der nächsten Woche rief ihre Bauleiterin erneut an:

Morgen Vormittag wird eine Firma anrücken, um die Schraubfundamente auf ihrem Grundstück zu setzen. Wenn Sie dabeisein wollen, sollten Sie sich vorab telefonisch mit ihr abstimmen.

Ein Tiefbauunternehmen aus dem Rendsburger Raum schickte zwei Mitarbeiter mit einer speziellen Maschine, mittels der riesige feuerverzinkte Schrauben nach einem vorgegebenen Plan in das Erdreich eingedreht wurden. Auch für das Carport mit integriertem Geräteschuppen plazierten die Männer an einer Seite des Grundstücks mehrere Erdschrauben. Nach wenigen Stunden war die Arbeit erledigt.

Als die Handwerker den Bauplatz wieder verlassen hatten, schritten die Nielsens in die Mitte des Kreises, den die herausschauenden Schraubköpfe markierten, und stellten sich vor, in ihrem Haus zu sein und prüften die Ausblicke, die sie von dort haben würden. Vor allem der Blick in Frau Johannsens herbstlichen Garten und auf den Kirschbaum war wunderbar.

Dann traten sie aus dem Kreis heraus, gingen bis zur Grenze am Bürgersteig, und sahen wieder auf

194

ihr Grundstück. Vor ihrem inneren Auge wuchsen das Häuschen, das Carport, ein kleiner Gemüsegarten und ein Gewächshaus aus dem Boden, dahinter eine Hecke und zur Straße hin ein niedriger Stakettenzaun mit einer Pforte. Dazu würden sie ein paar Blütensträucher pflanzen. Und Anne wünschte sich am Zaun viele emporrankende Blumen und einen geschwungenen Pflasterweg, der zum Haus führte.

Sie fingen an zu träumen und malten ihr zukünftiges Zuhause mit einem hübschen kleinen Garten, in dessen Mitte ein hellgrau gestrichener Rundling stand, der an einen übergroß gewachsenen Pilz erinnerte.

Dann kam der Tag, dem die Nielsens so sehr entgegengefiebert hatten. Früh am Morgen waren Transporter und ein Schwerlastwagen mit Kran angerückt. Auf dessen Ladefläche lagen alle Bauelemente vertäut, die für das Fundament, die Außen- und Innenwände sowie für die Dachkonstruktion erforderlich waren. Über ein halbes Dutzend Mitarbeiter der Baufirma machten sich ans Werk, das Haus aufzustellen. Auch Marit Boysen war auf der Baustelle erschienen und unterhielt sich mit ihren Kollegen.

Jetzt geht es endlich los, und sie können dabeisein. Das ist immer ein großer Moment für die Bauherren. Sie haben das Glück, ihr Haus an einem Tag entstehen zu sehen.

Nach diesen Worten verabschiedete sich von den Nielsens.

Wenn Sie irgendwelche Fragen haben sollten – Sie wissen ja, wie und wo Sie mich erreichen.

Es war kalt und nebelig an diesem Morgen. Anne und Jona standen am Straßenrand vor ihrem Grundstück und sahen den Handwerkern zu. Sie staunten, wie eingespielt das Team arbeitete, wie alles ohne viele Worte Hand in Hand ging. Jeder Mitarbeiter schien seinen Platz und seine Aufgabe zu kennen. In kaum einer Stunde war das Balkenfundament fertig. Darauf setzten die Männer ein Außenwandelement an das andere und formten so die runde Hülle. Gegen Mittag waren Außen- und Innenwände komplett aufgestellt. Nach einer Pause machten sich die Handwerker an die Dachkonstruktion und schlossen ihre Arbeit mit der Dacheindeckung am späten Nachmittag ab.

Frau Johannsen schaute den Bauarbeiten von ihrem Fenster aus zu. Später gesellte sie sich zu den Nielsens.

Das ist ja die reinste Zauberei, was die Männer hier in kurzer Zeit erschaffen, lobte sie.

Dem Paar wurde es nach einigen Stunden zu kalt. Es fuhr nach Hause, wärmte sich auf, aß zu Mittag und fuhr anschließend wieder zur Baustelle. Anne hatte zwischendurch immer wieder fotografiert, um diesen außergewöhnlichen Tag in

Bildern festzuhalten und ihrer Familie zu zeigen, die so kurzfristig nicht kommen konnten. Auch passte ein Richtfest nicht in den Zeitplan, er hätte den Aufbau lediglich behindert.

Als alle Bauarbeiter abgezogen waren, standen Anne und Jona voller Ehrfurcht vor ihrem Häuschen, dessen Fenster- und Türöffnungen nur provisorisch mit Folie zugenagelt waren. Schon jetzt in seinem noch unfertigen Zustand sah das Haus entzückend aus. Es war schöner und größer, als sie es sich vorgestellt hatten, und sie empfanden großen Respekt vor der handwerklichen Kunst der Männer, die es konstruiert und erbaut hatten.

Das Haus gefällt mir sehr, sehr gut. Da habt ihr beiden eine wirklich gute Wahl getroffen, schwärmte Frau Johannsen, die noch mal auf die Baustelle gekommen war.

In den nächsten Wochen wurde der Innenausbau vorgenommen. Dach, Fußboden und Wände wurden mit Hanf- und Holzfasernplatten gedämmt. Die Elektriker montierten einen Stromzähler, verlegten Leitungen und Steckdosen in den Wänden, vorsorglich auch an den Zimmerdecken, falls Infrarotstrahler als zusätzliche Heizung notwendig sein sollten.

Draußen kamen Wasserleitungen, Strom- und Telefonkabel, Abwasser- und Regenrohre sowie ein Abwasserschacht in die Erde.

Das alles waren keine Arbeiten, denen man unbedingt zuschauen musste. Die Handwerker verzichteten auch gern auf Publikum. Jona suchte die Baustelle trotzdem immer wieder mal auf. Anne erschien seltener dort, wollte den vielen Bauleuten nicht in die Quere kommen.

Annes Tochter Dörte aus Stade musste erneut einen Lehrgang besuchen und fragte ihre Mutter, ob sie sich wieder um ihre Familie kümmern könnte.

Fahr nur, ermunterte Jona seine Frau. *In den nächsten Tagen wird am Haus nicht viel passieren. Hauptsache, du bist wieder da, wenn alles soweit fertig ist, und wir einziehen können.*

Aber es passierte viel während Annes Abwesenheit. Fenster und Türen wurden eingebaut, die Innenwände gestrichen, Holzparkett und Fliesen verlegt, im Badezimmer Armaturen und Dusche eingebaut. Und Jona installierte die Lampen, die er mit Anne zusammen ausgesucht und gekauft hatte. Das Haus war nun bis auf einen letzten Außenanstrich fertiggestellt.

Nun fehlte nur noch Anne, die es begutachten sollte.

Als sie nach siebentägigem Aufenthalt bei ihrer Tochter nach Husum zurückkehrte, holte sie Jona vom Bahnhof ab. Den Weg bis zur Baustelle hätten beide zu Fuß gehen können, so nahe lag sie. Aber

Jona hatte zu Hause eine Mahlzeit vorbereitet, und der Weg in die Wohnung war doch etwas zu weit. Daher war er mit dem Auto gekommen.

Anne spürte, dass Jona etwas im Schilde führte, fragte aber nicht. Sie war froh, wieder zu Hause zu sein, erzählte von ihren Erlebnissen in Stade und war neugierig, welche Fortschritte es beim Innenausbau des Hauses gab.

Wir können gleich hinfahren, dann kannst du selbst sehen, was sich inzwischen getan hat, sagte Jona.

Als er mit dem Auto vor dem Haus parkte, sah Anne, dass schon Haustür und Fenster eingebaut und zwei Leuchten rechts und links neben der Tür angebracht waren. Sonst hatte sich äußerlich am Haus nichts verändert. Noch fehlte der Endanstrich. Provisorisch ebneten einige Paletten den Weg bis zur Haustür.

Du kannst noch nicht ins Haus. Ich habe eine Überraschung für dich. Bitte bleib noch einen Moment hier stehen, bat Jona.

Dann schloss er die Haustür auf, öffnete sie einen Spalt und entschwand im Haus. Er schaltete alle Lampen an und kam wieder zu Anne, die das Haus nun beleuchtet sah und von drinnen eine Melodie hörte. Sie strahlte und wollte nun endlich hinein.

Jona gab ihr den Vortritt und ließ sie die Tür öffnen. Anne blieb im Türrahmen stehen, schaute in den hell erleuchteten Raum und hörte der Musik zu, die leise und in langsamem Tempo begann. Es waren die ersten Takte von Ennio Morricones Komposition *Gabriel's Oboe*, die Anne begleiteten, als sie ins Haus trat. Außer der Stereoanlage mit den Boxen, die Jona auf den frisch verlegten Parkettfußboden gestellt hatte, war noch kein einziges Möbel im Raum.

Dennoch war das, was sich Anne hier offenbarte, überwältigend für sie. Tränen liefen ihr übers Gesicht. Jona nahm sie an die Hand und führte sie langsam durch alle Räume.

Anne schaute sich alles in Ruhe an, strich mit ihren Händen sanft über Wände, Fußböden und Wandfliesen, schaltete die Lampen ein und aus, öffnete und schloss einige Fenster, während Jona still in ihrer Nähe blieb.

Sie vermisste jetzt einen Stuhl, auf den sie sich hätte setzen können Das alles auf einmal zu sehen, war ein bisschen viel für sie. Sie umarmte Jona, dankte ihm für die große Überraschung und küsste ihn.

Am übernächsten Tag hatte sich Jona mit der Bauleiterin vor dem Haus verabredet. Sie wollte mit ihm eine Bauabnahme durchführen.

Wir haben für Sie einen sehr günstigen Preis für das Haus kalkulieren können, da Sie auf ein Betonfundament und auf eine Zentralheizung verzichtet haben, erklärte Marit Boysen bei der Gelegenheit.

Beide schritten durch das Haus, besahen sich alles und arbeiteten eine lange Liste einzelner Gebäudedetails ab. Am Ende wurden nur noch kleine Nachbesserungen notiert. Jona unterschrieb das Dokument und hatte damit die Bauausführung gutgeheißen. Mit der Zusammenarbeit und Qualität der Arbeiten war er sehr zufrieden und bedankte sich bei der Firma und allen Mitarbeitern.

Am drauffolgenden Wochende bauten Jona und seine ehemaligen Kollegen den Carport auf, der einige Tage zuvor als Bausatz geliefert worden war. Jona wollte ihn im nächsten Frühjahr in der Farbe des Hauses streichen, damit beide Gebäude wenigstens farblich einigermaßen zueinander passten.

Eine Speditionsfirma hatte auch schon den Ofen angeliefert, den die Männer im Haus anschlossen. Einige Tage später kam der Schornsteinfeger und gab Kamin und Ofen zur Befeuerung frei.

Bei einem Holzhändler bestellte Jona noch eine große Fuhre ofenfertiges Kaminholz, das er an der inneren Carportseite stapelte. Für das Auto blieb noch ausreichend Platz, um es daneben zu parken.

Jona hatte nicht erwartet, dass alles so reibungslos ablaufen würde. Er war froh, dass das Haus endlich dastand und die wichtigsten Dinge erledigt waren. Noch vor dem Wintereinbruch könnten sie einziehen, aber sie konnten sich damit auch noch etwas

Zeit lassen, da ihr Vermieter sie nicht zum Auszug drängte.

Den Einbau der Küchezeile traute sich Jona allein zu. Aus Platzgründen verzichteten die Nielsens auf einen Geschirrspüler und eine Abzugshaube. Sie hielten beides nicht für nötig. Strom und Wasser waren auch bereits angeschlossen. Der vorerst letzte Akt war die Inbetriebnahme der Telefonsteckdose durch einen Telekom-Mitarbeiter. Ein Festnetztelefon und ein kabelgebundener Computeranschluss waren ihnen wichtig, um Funkstrahlung in ihrem Haus möglichst fernzuhalten.

Es war jetzt Ende November. Das Paar war bereit zum Umzug, aber es hatte es nicht allzu eilig damit. Die Nielsens entschieden sich, die Wohnung zum 31. Dezember abzumelden und Mitte des Monats umzuziehen. Dann hätten sie noch ein paar Tage, um sich bis Weihnachten an ihre neue Umgebung zu gewöhnen.

Vorher wollten sie alle, die ihnen geholfen hatten und die ihnen nahestanden, zu einer kleinen Feier einladen. Sie riefen mehrere Lokale an, die aber alle abwinkten, da sie in der Vorweihnachtszeit keine Termine mehr frei hatten. Dann fiel Jona der Gasthof in seinem Dorf ein, in dem er damals gewohnt hatte. Der Gastwirt konnte ihm sogar noch mehrere freie Termine anbieten.

Alle, die das Paar eingeladen hatte, waren an dem Abend im Gasthof erschienen: Melf, Heinrich, Andreas und ihr Chef Harm Feddersen, Maren Johannsen und ihre Tochter Silke sowie Hilde und Polly, die Jona und Anne im Auto mitgebracht hatten. Die Küche zauberte ein Dreigängemenü mit Gänsebraten, Kartoffelknödel und Rotkohl als Hauptgericht. Jona hielt eine Dankesrede und sagte, dass dies nur das Vorspiel für ein großes Grillfest sei, dass er und Anne im Frühjahr in ihrem Garten in Rödemis veranstalten wollten, und zu dem alle Anwesenden schon jetzt herzlich eingeladen seien.

Dann habt ihr doch noch gar keinen vorzeigbaren Garten, warf Frau Johannsen ein. *Das Grillfest kann auch gern in meinem Garten stattfinden.*

Danke, Maren. Dein Angebot nehmen wir gerne an, erwiderte Jona.

Als sich alle an diesem Abend verabschiedeten, übergaben die Nielsens jedem Gast noch ein kleines Geschenk – von Anne gemalte Aquarelle mit einer persönlichen Widmung und Danksagung. Alle Bilder zeigten ihr Häuschen inmitten eines Gartens mit einem Zaun davor, der von Blumen umrankt war.

Melf half Jona die letzten Möbelstücke aus der alten Wohnung auf den Kastenwagen seiner Firma zu hieven. Die Möbel, die nicht in das kleine Haus passten, hatten sie vorher einer Sozialeinrichtung übergeben. Anne und Jona warfen einen letzten Blick in die leere Wohnung. Hier verbrachten sie über zwölf glückliche Jahre. Die Straße, der Park, die Bäckerei um die Ecke, Tante Hilde und Polly, Willi, ihr Briefträger, die Arztpraxis von Dr. Reimers, die Nachbarn und die Anwohner – alle gehörten dazu, waren so lange ihr vertrautes Zuhause. Das gaben sie an diesem Tag für immer auf.

Es war ein trauriger Moment, als sie die Wohnung und damit ein Kapitel ihres Lebens abschlossen. Aber der Gedanke, dass sie bald darauf wieder eine Tür aufschließen würden, hinter der sich ein Traum für sie erfüllte, tröstete sie.

Jona nahm sich etwas vor, dass ihm den Weggang erleichterte. Er würde weiterhin sein Brot und seine Brötchen bei Udo Jensen kaufen, auch wenn der Weg zu ihm nun viel weiter war. Und ab und zu würde er auch wieder durch den Schlosspark spazieren. Vielleicht gemeinsam mit Polly.

Die Nielsens wollten sich noch von Hilde verabschieden, aber sie kam ihnen zuvor, erwartete sie bereits an ihrem Auto mit einem Blumenstrauß.

Ich bin traurig, dass Sie uns verlassen. Polly scheint auch zu spüren, dass Sie für immer gehen. Ich wünsche Ihnen alles Gute und viel Glück in Ihrem neuen Heim. Geben Sie den Blumen einen schönen Platz im Haus und schauen Sie bitte recht bald wieder bei mir vorbei, bat Hilde mit brüchiger Stimme.

Wir werden uns schon wiedersehen. Wir versprechen es, sagte Anne, umarmte Hilde und streichelte Polly über ihr Köpfchen.

Jona legte seinen Arm um Hildes Schulter, drückte sie an sich und lächelte ihr aufmunternd zu: *Passen Sie gut auf sich auf, Tante Hilde. Und du Polly, keine Angst vor großen Hunden, die bluffen nur.*

Polly bellte und sprang an Jona hoch, als wollte sie ihn erklimmen. Er nahm die Hündin auf seinen Arm, streichelte sie und flüsterte ihr dabei etwas ins Ohr. Dann setzte er sie wieder behutsam auf den Boden und stieg ins Auto.

Sich von seiner kleinen Freundin zu verabschieden fiel ihm schwerer als er sich eingestehen mochte. Er startete den Wagen, Anne stieg ein und winkte Hilde und Polly zu. Dann fuhr der Wagen über das holprige Straßenpflaster davon.

Als sie in ihr neues Heim eintraten empfing es sie mit molliger Wärme. Jona war zuvor im Haus gewesen, um den Ofen zu heizen. Er hatte alle Zimmertüren geöffnet, so dass nun alle Räume angenehm temperiert waren. Überall standen noch Kartons und Kisten mit Kleidern und Geschirr, die noch einzuräumen waren. In rollenden Bettkästen, die sie gekauft hatten, würden sie einen Großteil der Wäsche unterbringen können. Eine Tischlerei würde ihnen erst im neuen Jahr Wandschränke in die Schlafzimmer einbauen. Die mussten extra angefertigt werden, da die Raumecken an den geschwungenen Außenwänden normale Schränke nicht zuließen.

Die Küchenzeile besaß alles, was sie brauchten: Einen Elektroherd mit Backofen, eine Kühlschrankkombination mit Gefrierfächern, einen schmalen Hochschrank mit Auszügen und eine Spüle. Ein Esstisch mit vier Stühlen komplettierte den Küchenbereich. Gegenüber lag die Wohnzimmerecke mit dem Holzofen, einem Beistelltisch und zwei Sesseln. Zusätzlich hatte Jona Regale an den Wänden montiert, die Büchern und schönen Keramiken, an denen die beiden besonders hingen, Platz boten,.

Es war noch nicht alles wohnlich eingerichtet. Aber an ihrem Einzugstag wollten sie nicht mehr allzu viel bewegen und erst einmal in ihrer neuen Umgebung ankommen.

Es war Abend geworden. Jona legte noch mal Holzscheite nach während Anne eine kleine Mahlzeit bereitete. Dann setzten sich die beiden vor den Ofen und schauten auf das Feuer, das hinter der Glasscheibe loderte und im Raum ein wundervolles Licht tanzen ließ. Anne und Jona fassten sich an ihren Händen, ließen ihre Gläser mit Rotwein aneinander klingen und genossen still und andächtig den Augenblick.

In dieser ersten Nacht teilten sie ein Bett, fanden in der neuen, ungewohnten Umgebung aber lange keinen Schlaf. Im ganzen Haus roch es nach Holz und frischer Farbe. Es war so aufregend, endlich das eigene Haus zu bewohnen. Sie freuten sich auf die kommenden Tage, in denen sie sich mit ihm vertraut machen würden.

Am nächsten Morgen war es noch ausreichend warm im Haus. Die gute Isolierung und die kleinen Räume würden die Heizkosten niedrig halten.

Die kleinen Abmessungen des Hauses waren für das Paar doch gewöhnungsbedürftig. Anne und Jona empfanden es ähnlich wie damals, als sie von ihrer Wohnung das erste Mal in ein Wohnmobil gestiegen waren. Doch schon nach kurzer Zeit hatten sie sich in Emmas nur wenige Quadratmeter großen Wohnzelle wie zu Hause gefühlt, und sie hatten es sogar schätzen gelernt, dass darin alles so dicht beieinander lag.

In ihrem Haus besaßen sie nun mehr als drei mal so viel Platz. Das Paar war zuversichtlich, sich nach kurzer Zeit an die kleinen Räume zu gewöhnen. Es fehlte ihnen an nichts. Alles, was sie brauchten, hatten sie im Haus unterbringen können. Sie trauerten den Möbeln und Dingen, die sie aus Platzgründen weggeben mussten, auch nicht nach. Im Gegenteil., sie fühlten sich erleichtert, befreit von zu viel Besitz, der sich in den letzten Jahren angehäuft hatte. Den hätten sie ohnehin nicht dorthin mitnehmen können, wo sie am Ende ihrer Tage einkehren würden.

Anne versah die Fenster mit Vorhängen, legte Teppiche und Läufer aus, hängte Bilder an die Wände und schmückte das Haus weihnachtlich. Wenn es dunkel wurde, zündete sie mehrere Kerzen an. Sie bat Jona, eine Lichterkette zu kaufen und sie an der Dachtraufe rund ums Haus anzubringen.

Das Grundstück mit seiner blanken Erde sah immer noch wie ein Bauplatz aus. Aber abends, wenn die Lichterkette leuchtete und Lampen und Kerzen die Fenster sparsam erhellten, erstrahlte das Haus wie eine verwunschene Hütte in der Dunkelheit.

Anne und Jona bemerkten, dass oft Fussgänger und Radfahrer vor ihrem Grundstück stehen blieben, Autofahrer extra anhielten und das Haus betrachteten. Sonntags spazierten zahlreiche Leute die Straße entlang. Viele schauten lange zum Haus und schienen sich über das ungewöhnliche Bauwerk zu unterhalten.

Weihnachten feierte das Paar allein. Sie genossen die Behaglichkeit ihres neuen Heims, freuten sich an dem Ofenfeuer und über die ungewohnte Stille. Bei geschlossenen Fenstern hörten sie nicht mal Autos, die auf der Straße vorbeifuhren. In ihre alte Wohnung drangen immer Geräusche von nebenan oder von der unter ihnen liegenden Wohnung.

Am 2. Weihnachtstag besuchten Annes Töchter aus Stade und Lüneburg das Paar. Sie kannten das

Haus von Bildern, jetzt sahen sie es zum ersten Mal im Original und waren begeistert. Sie fanden es *niedlich und wunderschön*, konnten sich aber nicht vorstellen, selbst darin zu wohnen. Es schien ihnen für ihre Bedürfnisse zu klein.

Aber vielleicht sehe ich das im Alter anders, sagte Dörte. *Wenn man jung ist, glaubt man ja, all die Dinge zu brauchen, mit denen man sich umgibt.*

Ende Januar rief Marit Boysen an und fragte, ob die Nielsens einverstanden wären, wenn Sie jemanden schicken würde, um ihr Haus zu fotografieren. Es sollte im nächsten Katalog des Bauunternehmens abgebildet werden. Die Nielsens waren durchaus nicht damit einverstanden, fürchteten sie doch unerwünschte Besuche von Bauinteressenten.

Eines Tages stand ein Mitarbeiter der *Husumer Nachrichten* vor der Tür. Das kleine Haus sei ihm aufgefallen, sagte er. Es sei eine architektonische Besonderheit in der Stadt, und er würde gern einen Bericht über das Haus und seine Bewohner schreiben, über deren Beweggründe, derart minimalistisch zu wohnen. Aber auch das lehnten die Nielsens ab. Sie wollten die Zahl der Schaulustigen durch einen Artikel in der Zeitung nicht noch steigern.

Die Nielsens hofften, dass die Neugier der Leute an ihrem Haus bald abebbte und sie ihre Ruhe bekämen.

209

Der letzte Handwerker, der sich im Haus betätigte, war der Tischler, der die Schränke in den Schlafzimmern einbaute. Als alle Rechnungen bezahlt waren, wies ihr Konto nur noch wenige tausend Euro auf. Insgesamt hatten sie für Grundstück, Haus, Anschaffungen und Nebenkosten rund 85.000 Euro ausgegeben. Den in Aussicht gestellten Bankkredit mussten sie nicht beanspruchen. Ihre Ersparnisse waren zwar so gut wie aufgebraucht, aber da sie nun keine Miete mehr zahlten und zukünftig nur mit sehr geringen laufenden Kosten rechneten, würde ihnen ihre Rente ein mehr als auskömmliches Leben ermöglichen. Das waren Aussichten, die Anne und Jona ein gutes Gefühl vermittelten.

Der kleine Ofen besaß ein enormes Heizvermögen und vermochte alle Räume bei offenen Türen ausreichend zu erwärmen. Lediglich im Badezimmer montierte Jona eine unauffällige weiße Infrarotheizung an die Decke, die den Raum morgens angenehm erwärmte. Mittels Zeitschaltuhr und einem Ein-Aus-Schalter konnte sie geregelt werden.

Im Ofen musste jeden Morgen erst ein Feuer entfacht und im Lauf des Tages immer wieder mal ein Holzstück nachgelegt werden. Aber daran gewöhnten sich Anne und Jona schnell. Holz ins Haus zu holen, den Ofen zu befeuern und die

Asche zu leeren waren Erledigungen, die in ihren Alltagsrhythmus einflossen. Wie ein Haustier mussten sie den Ofen regelmäßig füttern, pflegen und seinen Abfall entsorgen. Dafür schenkte er ihnen zuverlässig Wärme und Behaglichkeit. Bezeichnenderweise hatte ihm der Hersteller den Namen *Pluto* gegeben.

Jona hatte lange nach einem passenden Modell gesucht. Unter den wenigen in Frage kommenden Miniöfen besaß nur der von ihm erwählte eine Kochplatte. Sie erlaubte den Nielsens, die Ofenhitze auch zum Kochen und Braten zu nutzen. Wenn es im Ofen bullerte und im gusseisernen Topf auf der Platte köchelte, ergab das einen wunderbaren melodischen Zusammenklang, der Wärme und eine heiße Mahlzeit versprach.

Gelegentlich besuchte Frau Johannsen ihre neuen Nachbarn. Sie besaß jedoch das Gespür dafür, es nicht zu übertreiben. Sie freute sich, wenn auch die Nielsens mal zum Kaffee bei ihr vorbeikamen und sie sich etwas erzählten.

Wenn ich in meinen Garten schaue, blicke ich jetzt immer auch auf euer hübsches Haus. Ich bin froh, dass ihr meine Nachbarn geworden seid und ich so nette Menschen in meiner Nähe weiß, sagte Frau Johannsen, als sie wieder mal zusammensaßen.

Jona beschnitt wieder die Apfelbäume in ihrem Garten und pflanzte die von ihr gewünschte Hecke, die die beiden Grundstücke sichtbar trennte und später einen gewissen Sichtschutz abgeben sollte. Eine kleine Pforte aus Holz, die Jona in die Heckenreihe setzte, ermöglichte beiden Parteien nachbarschaftliche Besuche.

Der Winter verlief ungewöhnlich mild. Die Nielsens waren überrascht, wie wenig Holz sie in den letzten drei Monaten verbraucht hatten.

Das Haus war für Anne und Jona inzwischen zu einem vertrauten, geliebten Heim geworden. Sie bereuten ihre Entscheidung für den Hausbau nicht ein einziges Mal, obwohl sie in dem Häuschen manche Einschränkung in Kauf nehmen mussten – den geringen Platz und Stauraum, das etwas unkomfortable Heizen. Andererseits gewannen sie viel: Behagliches Wohnen, angenehmes Raumklima, geringe Energie- und Unterhaltungskosten – und eine nette, warmherzige Nachbarin.

Die Jensens waren wirklich glücklich mit ihrem Haus und vermissten ihre alte Wohnung nicht, allerdings ihren sonnigen Balkon mit den Pflanzen, den Vögeln und dem Ausblick auf ihre Straße. Doch dafür besaßen sie jetzt eine schöne, teilweise überdachte Holzterrasse.

Der Frühling stand vor der Tür. Bald würden sie draußen sitzen, dort frühstücken, vielleicht auch zu Mittag essen und abends bei einem Glas Rotwein den Tag ausklingen lassen. Bald würden die ersten

Blumen und Sträucher in ihrem Garten blühen. Sie freuten sich auf die kommende Jahreszeit und den Sommer.

Im April machte sich Jona mit Melf daran, das Grundstück nach einem Gartenplan, den die Nielsens gemeinsam entworfen hatten, zu gestalten. Melf lockerte die Fläche mit einer Motorfräse, dann teilten sie Gemüsebeete ab und bereiteten den Platz für ein Gewächshaus vor. Sie errichteten an der Straßenseite einen Holzzaun und versahen ihn mit einer Pforte. Darüber verankerten sie einen stählernen Bogen, an dem später Blumen ranken sollten. Zum Schluss legte Melf noch einen Pflasterweg an, der in leichtem Bogen von der Pforte zum Haus führte.

Melf, Anne, Jona und Frau Johannsen besahen sich das Werk, und alle fanden es gelungen. Draußen auf der Terrasse wartete auf sie frisch gebackener Blechkuchen und Kaffee.

Die Nielsens kauften Blumen und Sträucher, die sie aufgelistet hatten, und pflanzten sie an den vorgesehenen Stellen in die frische Erde. Jetzt stand das Haus nicht mehr auf einem Baugelände, sondern inmitten eines Gartens, der zwar noch ziemlich kahl war, dessen zukünftige Gestalt man aber schon erahnen konnte.

Anfang Mai entfaltete der große Kirschbaum seine ganze Blütenpracht. Tausende Bienen besuchten ihn und stimmten großartige Summkonzerte an. Wenn Anne und Jona morgens erwachten, strömte der süße Duft der Blüten durch den Spalt der geöffneten Fenster. Wenn dazu noch Sonnenlicht in ihre Zimmer fiel, konnte der Start in den Tag kaum schöner für sie sein.

Anne bat Jona beim Frühstück auf der Terrasse, mit dem Gewächshaus noch zu warten. Sie befürchtete, dass darin wachsenden Pflanzen Jonas täglicher Pflege bedurften und sie daran hindern würden, für länger zu verreisen.

Wäre es nicht schön, noch mal mit einem Wohnmobil unterwegs zu sein? Wir könnten doch Kees und Mareike besuchen, zur holländischen Küste und weiter in die Normandie fahren, sagte Anne mit einem Lächeln und einem Blick, dem Jona selten widerstehen konnte. Er wusste auch, dass Anne ihre Träume so lange verfolgte, bis sie endlich wahr wurden.